New TOEIC Model Test 2 詳解

PART 1 (☞ Track 2-01)

1. (**C**) (A) 他正在滅火。
   (B) 他正在執行外科手術。
   (C) <u>他正在做氣象報告。</u>
   (D) 他正坐在書桌邊。

   * **put out** 撲滅   perform 〔 pəˋfɔrm 〕 v. 執行
   surgery 〔ˋsɝdʒərɪ 〕 n. (外科) 手術
   weather report 氣象報告

2. (**A**) (A) <u>男人正在拖地板。</u>
   (B) 男人正在油漆牆壁。
   (C) 男人正在洗窗戶。
   (D) 男人正在開門。

   * mop 〔 mɑp 〕 v. 用拖把擦洗地板
   paint 〔 pent 〕 v. 油漆

3. (**D**) (A) 一些人正在一家購物中心裡購物。
   (B) 一些人正在一條街上走。
   (C) 一些人正在一個池子裡游泳。
   (D) <u>一些人正在一間工廠裡工作。</u>

4. (**C**) (A) 這是一間銀行。
   (B) 這是一間圖書館。
   (C) <u>這是一間自助餐廳。</u>
   (D) 這是一個機場。

   * cafeteria 〔͵kæfəˋtɪrɪə 〕 n. 自助餐廳

5. (**B**) (A) 這位女人正賣出一部車。
   (B) <u>這位女人正賣出一間房子。</u>
   (C) 這位女人正買了一件洋裝。
   (D) 這位女人正買了一張書桌。

6.（**B**）(A) 一間房子正被拆掉。

(B) 一座橋正被建造。

(C) 一艘船正被拖走。

(D) 一位乘客正被迎救。

* ***tear down*** 拆掉；拆毀

tow〔to〕*v.* 拖；拉；牽引　　rescue〔'rɛskju〕*v.* 營救；挽救

PART 2 詳解（💿 Track 2-02）

7.（**B**）這附近最好吃披薩的地方在哪裡？

(A) 我覺得它可以再更好。

(B) 你試過在第七街上的薩爾披薩店嗎？

(C) 一袋馬鈴薯。

* grab〔græb〕*v.* 趕；匆忙地做　　pizzeria〔,pitsə'riə〕*n.* 披薩店

8.（**C**）爲什麼今天這麼多人晚進來？

(A) 不，截止時間是下禮拜。　　(B) 我開車去上班。

(C) 公共交通運輸系統的員工在罷工。

* ***come in*** 進來　　deadline〔'dɛd,laɪn〕*n.* 截止時間

transit〔'trænsɪt〕*n.* 公共交通運輸系統

strike〔straɪk〕*n.* 罷工

9.（**B**）過去一年，你有換過電話號碼嗎？

(A) 不，沒有入場費。

(B) 對，我上個月換了通信業者。

(C) 我把它留在家。

* entry〔'ɛntrɪ〕*n.* 入場；進入權

switch〔swɪtʃ〕*v.* 改變；轉移

carrier〔'kærɪə〕*n.* 通信業者

10.（**A**）我應該預約中國餐廳或是印度餐廳？

(A) 兩者之中任何一個我都可以。

(B) 打給餐廳問路。　　　(C) 我錯過我的班機。

* reservation (ˌrɛzə'veʃən) *n.* 預訂
Indian ('ɪndɪən) *adj.* 印度的

11. (**B**) 我們需要幾點到機場？

(A) 在新加坡。　　　　　(B) 在七點半之前。

(C) 好幾次。

* Singapore ('sɪŋgəˌpor) *n.* 新加坡

12. (**A**) 你該不會碰巧注意到有多少人報名登記安全訓練講習吧？

(A) 不，我沒有。　　　　(B) 佛摩先生會。

(C) 網址是 www.blacktie.com。

* *happen to V*. 碰巧～　　notice ('notɪs) *v.* 注意；察覺
sign up 報名登記　　safety ('seftɪ) *n.* 安全；平安
training ('trenɪŋ) *n.* 訓練
session ('sɛʃən) *n.* 講習會；講習班

13. (**A**) 羅傑，你想要再一塊巧克力蛋糕嗎？

(A) 對，我想我還能再吃下一塊。

(B) 麻煩一張三人桌。　　(C) 是，每樣東西都相當昂貴。

* quite (kwaɪt) *adv.* 相當；頗
expensive (ɪk'spɛnsɪv) *adj.* 昂貴的

14. (**B**) 音樂祭預計什麼時候開始？

(A) 我們就在那見吧！　　(B) 它明天開始。

(C) 不，我沒有。

* festival ('fɛstəvḷ) *n.* (定期舉行的) 音樂節；戲劇節
schedule ('skɛdʒul) *v.* 安排；預定 < *to* >

15. (**B**) 山線特快是從哪一個月台離開？

(A) 它很有趣。　　　　　(B) 它從月台 B 離開。

(C) 有一台在這條街的對面。

* platform〔'plæt,fɔrm〕*n.*（鐵路等的）月台
express〔ɪk'sprɛs〕*n.* 快車
depart〔dɪ'part〕*n.* 出發；離開 <*from*>
across〔ə'krɔs〕*prep.* 在…對面

16. (**A**) 你會想要在我們這棟大樓大廳的咖啡館和我們一起喝咖啡嗎？

   (A) 那就太棒了。   (B) 義大利麵，我猜。

   (C) 是的，它是由鋼製成。

   * join〔dʒɔɪn〕*v.* 和…一起做同樣的事   café〔kə'fe〕*n.* 咖啡館
lobby〔'labɪ〕*n.* 大廳   building〔'bɪldɪŋ〕*n.* 建築物
pasta〔'pastə〕*n.* 義大利麵   ***be made of*** 被…製成
steel〔stil〕*n.* 鋼

17. (**C**) 華格納小姐休假多久？

   (A) 它太短。   (B) 在醫生的辦公室。

   (C) 只有一個星期。

   * ***on vacation*** 休假中

18. (**B**) 你想要我把這些進度報告放哪裡？

   (A) 是的，搭電梯到樓下。   (B) 放我桌上就好。

   (C) 主要辦公室正在油漆。

   * progress〔'prɑgrɛs〕*n.* 進度；進步
report〔rɪ'port〕*n.* 報告
elevator〔'ɛlə,vetə〕*n.* 電梯；升降機
downstairs〔'daʊn'stɛrz〕*adv.* 在樓下；往樓下
main〔men〕*adj.* 主要的   paint〔pent〕*v.* 油漆

19. (**C**) 不可使用電梯的時間是多久？

   (A) 在機場。   (B) 大約五百元美金。

   (C) 六小時。

   * commission〔kə'mɪʃən〕*n.* 任務；權限
out of commission 不可使用；非使用中

20. (**B**) 你有高空跳傘過嗎？
   (A) 是，她在那裡有一段時間了。
   (B) <u>不，我從來沒試過。</u>
   (C) 這個季節它是關閉的。

   * skydive〔'skaɪ͵daɪvɪŋ〕*v.* 高空跳傘
     closed〔klozd〕*adj.* 關閉的

21. (**A**) 我們應該要把合約寄給誰？
   (A) <u>所有相關的當事人。</u>　　(B) 請雙面列印。
   (C) 用快遞。

   * contract〔'kɑntrækt〕*n.* 合約
     party〔'pɑrtɪ〕*n.* (契約等的) 當事人；一方
     involved〔ɪn'vɑlvd〕*adj.* 有關的；牽扯在內的
     print〔prɪnt〕*v.* 印；印刷　　express〔ɪk'sprɛs〕*adj.* 快遞的

22. (**C**) 你覺得麥克和史提夫共同管理銷售部門這件事如何？
   (A) 她跑到那裡嗎？
   (B) 不，我剩下來的這周都休息。
   (C) <u>他們會是很棒的團隊。</u>

   * run〔rʌn〕*n.* 經營；管理
     off〔ɔf〕*adj.* 停止；不在工作；休息

23. (**A**) 如果你的電腦看來好像運作得緩慢，關閉一些你已打開的程式。
   (A) <u>謝謝建議。</u>　　(B) 一個簡短報告。
   (C) 今天兩點。

   * seem〔sim〕*v.* 似乎　　program〔'progræm〕*n.* 程式
     suggestion〔sə'dʒɛstʃən〕*n.* 建議

24. (**C**) 我能幫您找符合你尺寸的物品嗎？
   (A) 六點還有人入座。　　(B) 我非常喜歡。
   (C) <u>那真是太棒了。</u>

   * seating〔'sitɪŋ〕*n.* 就坐

25. (**B**) 今年冬天去加州南部不是很好嗎？

(A) 是的，因爲這是個很大的設施。

(B) 是的。但是我們負擔不起。

(C) 別擔心。直到一月最後一天。

* California〔͵kælə'fɔrnjə〕*n.* 加利福尼亞州；美國加州
facility〔fə'sɪlətɪ〕*n.* 設備；設施
afford〔ə'ford〕*v.* 買的起

26. (**B**) 費爾普斯先生說修繕工程只需要一個禮拜？

(A) 我還沒有決定。　　　(B) 我們會處理。

(C) 我們下個禮拜要搬家。

* renovation〔͵rɛno'veʃən〕*n.* 修繕；翻新
project〔'prɑdʒɪkt〕*n.* 計畫；工程
see about 安排；著手處理　　move〔muv〕*v.* 搬家

27. (**C**) 你要現在還是開會後討論那個計畫？

(A) 從專案經理那裡。　　　(B) 我什麼都不要，謝謝。

(C) 抱歉，我現在很忙。

* discuss〔dɪ'skʌs〕*v.* 討論　　*project manager* 專案經理
Nothing for me, thanks. 我都不要，謝謝。
(= *I do not want any of what was offered.*)
right now 現在

28. (**B**) 你們公司曾經承辦過的最大活動是什麼？

(A) 在波士頓商店的清倉大拍賣。

(B) 我們承辦過一場兩百個人的婚禮。

(C) 這是很棒的食物搭配，特別是在夏天。

* event〔ɪ'vɛnt〕*n.* 活動
cater〔'ketɚ〕*v.* 提供…的酒菜（或服務）；承辦酒菜
clearance sale 清倉大拍賣
serve〔sɝv〕*v.* 服務；端（菜）給（某人）
wedding〔'wɛdɪŋ〕*n.* 婚禮　　*food pairing* 食物搭配

29. (**B**) 你覺得這些傳單你需要多少？

    (A) 嘿，讓我幫你。   (B) 65 份。

    (C) 我不知道如何到那裡。

    * here〔hɪr〕*interj.* 嘿；喂   flier〔'flaɪə〕*n.* 傳單
     copy〔'kɑpɪ〕*n.* 複製品；本；份

30. (**A**) 我們何不順路去一趟酒吧？

    (A) 好的，如果你想要。   (B) 它在角落停了。

    (C) 好的，半個小時。

    * ***stop by*** 順便走訪   pub〔pʌb〕*n.* 酒吧

31. (**A**) 你和戴夫有一樣的智慧型手機嗎？

    (A) 是的，但是我的是最新款。

    (B) 有時候我會。

    (C) 我總是在那時候打電話。

    * ***smart phone*** 智慧型手機（ = *smartphone*）
     model〔'mɑdḷ〕*n.* 型號；款式

PART 3 詳解 (Track 2-03)

Questions 32 through 34 refer to the following conversation between three speakers.

男 A：珍妮和我在籌辦一個明天的慈善拍賣會，但是我們找不到任何玫瑰。

男 B：我們昨天沒有從溫室發貨。現在我們沒有任何庫存。

女：嗯，顧客要求粉紅和白玫瑰，而且我們真的需要今天就開始裝填花瓶。

男 B：放輕鬆，珍妮。我會打電話到哈里斯堡的店，看看他們是否可以寄給我們需要的花。

男 A：最壞的情況就是我跑去超市看看他們有沒有花。

女：你在開玩笑嗎？我們不能用超市的花來籌備。

男 B：事實上，那不是個壞主意。

> * **put together** 設計；制定
> arrangement〔ə'rendʒmənt〕*n.* 安排；籌備
> charity〔'tʃærətɪ〕*n.* 慈善　　auction〔'ɔkʃən〕*n.* 拍賣
> shipment〔'ʃɪpmənt〕*n.* 運貨；發貨
> greenhouse〔'grin,haʊs〕*n.* 溫室　　**in stock** 有庫存
> client〔'klɪənt〕*n.* 顧客　　vase〔ves〕*n.* 花瓶
> Harrisburg〔'hærɪs,bəg〕*n.* 哈里斯堡【美國賓夕法尼亞州首府】
> (*if*) **worse comes to worst** 如果最壞的情況發生；在不得以的情況下
> kid〔kɪd〕*v.* 開玩笑；戲弄

32.（**D**）說話者最可能在哪裡工作？

    (A) 在郵局。　　　　　　　(B) 做承辦酒席生意。
    (C) 在珠寶店。　　　　　　(D) 在花店。

    > * **post office** 郵局　　cater〔'ketə〕*v.* 承辦酒席
    > jewelry〔'dʒuəlrɪ〕*n.* 珠寶　　**flower store** 花店

33.（**A**）男士提到什麼問題？

    (A) 遞送沒有抵達。　　　　(B) 顧客投訴。
    (C) 有名員工遲到。　　　　(D) 晚餐取消。

    > * delivery〔dɪ'lɪvərɪ〕*n.* 遞送
    > complaint〔kəm'plent〕*n.* 抱怨；投訴
    > employee〔,ɛmplɔɪ'i〕*n.* 員工
    > cancel〔'kænsḷ〕*v.* 取消

34.（**A**）女士說：「你在開玩笑嗎？」，她是在表示什麼？

    (A) 她強烈反對。　　　　　(B) 她想要一個解釋。
    (C) 她感到失望。　　　　　(D) 她驚喜交加。

    > * disagree〔,dɪsə'gri〕*v.* 不同意；反對
    > explanation〔,ɛksplə'neʃən〕*n.* 解釋；說明
    > disappointed〔,dɪsə'pɔɪntɪd〕*adj.* 失望的

Questions 35 through 37 refer to the following conversation.

男： 所以，溫蒂已經來這裡幾週了。妳覺得辦公室的氣氛如何？妳覺得好嗎？

女： 嗯，我習慣在開放式的辦公室空間工作，而且我從來沒有在有高隔間牆的隔間工作。所以我有時候覺得孤立。此外，辦公室非常安靜，到了讓人分心的程度。另外，我習慣身邊有很多的活動在進行。我靠那樣的活力爲動力。

男： 我們以前有開放式的辦公室樓層方案，但是我們現在透過辦公室內部網路，來合作和分享想法。轉換成隔間的配置要花點時間適應，但是我們覺得長期來看是有益的。

女： 我確定我可以很快適應。而且我的主管告訴我，把收音機開著作背景雜音是可以的。我想我下週會嘗試那麼做。

* **atmosphere**〔ˈætməsˌfɪr〕*n.* 氣氛
　 productive〔prəˈdʌktɪv〕*adj.* 有生產力的；有好處的
　 be used to V-ing 習慣於　　**cubicle**〔ˈkjubɪkḷ〕*n.* 小隔間
　 isolated〔ˈaɪsḷˌetɪd〕*adj.* 孤立的　　**plus**〔plʌs〕*adv.* 此外
　 distracting〔dɪˈstræktɪŋ〕*adj.* 令人分心的
　 again〔əˈgɛn〕*adv.* 此外　　**activity**〔ækˈtɪvətɪ〕*n.* 活動
　 go on 發生　　***feed on*** 靠…過活；以…爲能源
　 energy〔ˈɛnədʒɪ〕*n.* 精力；活力　　***used to V.*** 以前~
　 collaborate〔kəˈlæbəˌret〕*v.* 合作
　 over〔ˈovə〕*prep.* 透過；經由　　**inter-office** *adj.* 辦公室內部的
　 network〔ˈnɛtˌwɜk〕*n.* 網路　　**switch**〔swɪtʃ〕*v.* 轉變
　 set-up〔ˈsɛtˌʌp〕*n.* 結構；組織
　 beneficial〔ˌbɛnəˈfɪʃəl〕*adj.* 有益的　　***in the long run*** 長遠來看
　 adjust〔əˈdʒʌst〕*v.* 適應　　**supervisor**〔ˈsupəˌvaɪzə〕*n.* 主管
　 background〔ˈbækˌgraʊnd〕*adj.* 背景的
　 background noise 背景雜音

35. (**D**) 說話者主要在討論什麼？
　　　(A) 一項計畫提案。　　　　(B) 一個工作時程表。
　　　(C) 一個工作職缺。　　　　(D) <u>一個辦公室配置。</u>

* proposal〔prə'pozl〕*n.* 提案；建議
  opening〔'opənɪŋ〕*n.*（職位）空缺
  layout〔'le͵aʊt〕*n.* 規劃；配置

36.(**D**) 女士提到什麼問題？

    (A) 她的通勤路程很長。   (B) 改裝非常昂貴。

    (C) 她錯過了截止日期。   (D) <u>工作空間太安靜。</u>

    * commute〔kə'mjut〕*n.* 通勤路程
    renovation〔͵rɛnə'veʃən〕*n.* 修繕；改裝
    deadline〔'dɛd͵laɪn〕*n.* 截止日期

37.(**D**) 女士下週可能會做什麼？

    (A) 調動到其他部門。   (B) 長時間工作。

    (C) 和另一個員工交換隔間。

    (D) <u>工作的時候聽收音機。</u>

    * transfer〔træns'fɝ〕*v.* 轉移；調動
    department〔dɪ'pɑrtmənt〕*n.* 部門

Questions 38 through 40 refer to the following conversation.

女： 哈囉，摩根先生。這是午夜影片的來電。我的紀錄顯示你目前有
    一片數位光碟片逾期。湯姆傑利小故事應該一個禮拜以前就該歸
    還。

男： 是的，我知道。我還沒有看完。我有可能可以延長租用期限嗎？

女： 恐怕不行。那片子還有等候名單，所以不可以續借。另外該影片
    逾期每天要付五美元的罰金。

男： 哎唷。嗯，我想我今天下午上班途中順路過去一趟，付罰金和歸
    還影片。

    * record〔'rɛkəd〕*n.* 紀錄   currently〔'kɝəntlɪ〕*adv.* 現在；目前
    DVD 數位光碟（*= digital video disc*）
    overdue〔͵ovə'dju〕*adj.* 逾期未付的
    adventure〔əd'vɛntʃə〕*n.* 冒險

The Adventure of Tom and Jerry 湯姆傑利小故事【動畫影集】

extension〔ɪk'stɛnʃən〕*n.* 延長　　rental〔'rɛntl̩〕*n.* 租用物

waiting list 等候名單　　title〔'taɪtl̩〕*n.* 標題；名稱

renew〔rɪ'nju〕*v.* 更新；重訂　　fine〔faɪn〕*n.* 罰金

ouch〔autʃ〕*interj.* 哎唷　　***stop by*** 順便走訪

38. (**D**) 女士為何打電話？

　　　(A) 會員資格到期。　　　　(B) 失物找到了。

　　　(C) 訂購物到了。　　　　　(D) <u>影片逾期。</u>

　　　* membership〔'mɛmbɚˌʃɪp〕*n.* 會員資格

　　　　expire〔ɪk'spaɪr〕*v.* 期滿；終止　　item〔'aɪtəm〕*n.* 物品

39. (**B**) 男士詢問什麼事？

　　　(A) 申請工作。　　　　　(B) <u>續借物品。</u>

　　　(C) 上課。　　　　　　　(D) 研究一個題目。

　　　* ***apply for*** 申請　　***take a class*** 上課

　　　　research〔rɪ'sɝtʃ〕*v.* 研究；調查

40. (**B**) 男士今天下午打算做什麼？

　　　(A) 做簡報。　　　　　　(B) <u>付罰金。</u>

　　　(C) 休假。　　　　　　　(D) 買書。

　　　* presentation〔ˌprɛzn̩'teʃən〕*n.* 報告；陳述；介紹

　　　　take off 請假；休假　　purchase〔'pɝtʃəs〕*v.* 購買

Questions 41 through 43 *refer to the following conversation.*

男：嗨，勞雷爾。我是沙拉托加錄音室打來的戴蒙‧亞邦。我真的非
　　常感謝妳昨天來到我們的辦公室，並帶領新的電腦繪圖軟體的指
　　導課。

女：這是我的榮幸，戴蒙。該軟體很複雜，但是你的員工學得非常快。

男：很高興聽到這件事。而我這邊收到的都是正面的反應。遺憾的
　　是，我們有些員工因為行程安排有衝突，無法出席。我希望妳
　　下週可以再來一次。

女：嗯，我很高興可以再去一次，不過我下週會在洛杉磯的消費者
電子展。我們下個月初再來安排。

* Laurel（ˈlɔrəl）*n.* 勞雷爾　　Damon（ˈdemən）*n.* 戴蒙
Albarn（ˈælbɑrn）*n.* 亞邦
Saratoga（ˌsærəˈtogə）*n.* 沙拉托加【美國加州的城市】
studio（ˈstjudɪˌo）*n.* 錄音室
tutorial（tuˈtorɪəl）*n.* 指導課；輔導課
CGI 電腦生成影像；電腦繪圖（= *computer-generated imagery*）
software（ˈsɔftˌwɛr）*n.* 軟體　　pleasure（ˈplɛʒɚ）*n.* 榮幸
complicated（ˈkɑmpləˌketɪd）*adj.* 複雜的
sharp（ʃɑrp）*adj.* 陡的　　curve（kɝv）*n.* 曲線
learning curve 學習曲線
have a sharp learning curve 學習很快（= *learn very quickly*）
nothing but 只有；單單　　positive（ˈpɑzətɪv）*adj.* 正面的
feedback（ˈfidˌbæk）*n.* 反應；回饋　　end（ɛnd）*n.* 一端；一方
staff（stæf）*n.* 工作人員；職員
attend（əˈtɛnd）*v.* 出席；參加　　*due to* 因為
scheduling（ˈskɛdʒulɪŋ）*n.* 行程安排
conflict（ˈkɑnflɪkt）*n.* 衝突　　repeat（rɪˈpit）*n.* 重演；重現
repeat performance 重現；重複執行
electronics（ɪˌlɛkˈtrɑnɪks）*n. pl.* 電子產品
consumer electronics 消費性電子產品
Los Angeles（lɔs ˈændʒələs）*n.* 洛杉磯　　*set up* 安排

41. (**D**) 女士昨天做了什麼事？

　　(A) 她更新一本手冊。　　　　(B) 她檢查一項設備。
　　(C) 她從旅途回來。　　　　　(D) 她教授一堂課。
　　* update（ˌʌpˈdet）*v.* 更新　　manual（ˈmænjuəl）*n.* 手冊
　　inspect（ɪnˈspɛkt）*v.* 檢查　　facility（fəˈsɪlətɪ）*n.* 設備

42. (**A**) 男士要求女士做什麼？

　　(A) 再上一次指導課。　　　　(B) 和她的主管談話。
　　(C) 寄送貿易展的筆記。　　　(D) 評估某個軟體。

      * supervisor〔'supɚˌvaɪzɚ〕 *n.* 主管　　notes〔nots〕*n. pl.* 筆記
      trade show 貿易展覽會　　evaluate〔ɪ'væljuˌet〕*v.* 評估

43.(C) 女士提到了什麼問題？

   (A) 她遺漏一項文件。 (B) 她還沒收到報酬。
   (C) <u>她下個禮拜沒空。</u> (D) 她不知道密碼。

   * payment〔'pemənt〕*n.* 支付金額；報酬
     available〔ə'veləbḷ〕*adj.* (人)有空的
     password〔'pæswɝd〕*n.* 密碼

Questions 44 through 46 *refer to the following conversation.*

男：嗨，我在 Urban.com 看到你有一間位於美世街兩房的閣樓要出租。我來電是要知道何時可以租用？

女：我們需要一個可以六月一日搬進來的房客。這是很棒的生活空間。事實上，這是該棟建築物唯一面對河川的兩房。景觀非常棒。你想要約個時間來看看這地方嗎？

男：當然。明天傍晚如何？

女：你何不明天晚上七點到該棟建築？我會在大門旁邊接你。

    * listing〔'lɪstɪŋ〕*n.* 一覽表；(名單中的)一個位置
     urban〔'ɝbən〕*adj.* 都市的　　dot〔dɑt〕*n.* 點
     habitat〔'hæbəˌtæt〕*n.* 棲息地；居住地
     loft〔lɔft〕*n.* 閣樓；頂樓　　***for rent*** 供出租
     Mercer Street 美世街【美國紐約市】
     available〔ə'veləbḷ〕*adj.* 可使用的　　tenant〔'tɛnənt〕*n.* 房客
     living space 生活空間；居住空間　　view〔vju〕*n.* 景色
     gorgeous〔'gɔrdʒəs〕*adj.* 很棒的　　schedule〔'skɛdʒul〕*v.* 安排
     for sure 當然　　***how about···?*** ···如何？
     front gate 大門；前門

44.(C) 關於該公寓，男士問了什麼？

   (A) 有多少房間。 (B) 費用多少。
   (C) <u>何時可以租用。</u> (D) 地點在哪。

45.（**C**）該公寓的獨特之處是什麼？

   （A）它的儲藏空間。 （B）它的建築細節。

   （C）它的風景。   （D）它的改良家電。

   * unique〔ju'nik〕*adj.* 獨特的 storage〔'stɔrɪdʒ〕*n.* 儲藏
   architectural〔ˌɑrkə'tɛktʃərəl〕*adj.* 建築上的
   detail〔'ditel〕*n.* 細節 scenic〔'sinɪk〕*adj.* 風景的；景色的
   upgrade〔ˌʌp'gred〕*v.* 改良；升級
   appliance〔ə'plaɪəns〕*n.* 家電

46.（**A**）男士說：「當然。」，是什麼意思？

   （A）他想要看看該公寓。 （B）他想要簽合約。

   （C）他同意付定金。 （D）他知道該公寓在哪裡。

   * sign〔saɪn〕*v.* 簽名；簽章
   contract〔'kɑntrækt〕*n.* 契約；合約
   deposit〔dɪ'pɑzɪt〕*n.* 定金；押金
   located〔lo'ketɪd〕*adj.* 位於…的

Questions 47 through 49 refer to the following conversation between three speakers.

女 A：對於強生吸引顧客的計畫，我感到很興奮。我預覽了一些下一
   波活動的廣告內容，而我覺得那眞的能有效吸引新的商機。

女 B：是的，我也看了。妳懂的，如果我們計畫在選定的六月號雜誌
   刊登平面廣告。

男 ：沒錯，而且我們在那之後，也就是七月，要發佈電視廣告活動。
   但是我聽到依然有一些討論，關於是否要把電視廣告專注在網路
   銀行或是房屋貸款。

女 A：連討論都不該要有。我們的線上銀行系統是業界的標準。我覺
   得那會吸引我們所尋找的類型的顧客。

女 B：而且在電視上，他們眞的能夠想像所有該系統的特色。

   * ***bring in*** 引入；請來 customer〔'kʌstəmə〕*n.* 顧客
   preview〔'priˌvju〕*v.* 預先觀看

advertisement〔‚ædvə'taɪzmənt〕*n.* 廣告

upcoming〔'ʌp‚kʌmɪŋ〕*adj.* 即將來臨的

campaign〔kæm'pen〕*n.* 活動　　effective〔ɪ'fɛktɪv〕*adj.* 有效的

schedule〔'skɛdʒul〕*v.* 安排；計畫　　run〔rʌn〕*v.* 登（廣告）

print ads 平面廣告　　issue〔'ɪʃu〕*n.* 發行物；…期

selected〔sə'lɛktɪd〕*adj.* 經過挑選的

launch〔lɔntʃ〕*v.* 開動；著手　　banking〔'bæŋkɪŋ〕*n.* 銀行業務

loan〔lon〕*n.* 貸款　　***home loan*** 房屋貸款

industry〔'ɪndəstrɪ〕*n.* 產業　　standard〔'stændəd〕*n.* 標準

appeal〔ə'pil〕*v.* 吸引＜*to*＞

visualize〔'vɪʒuəl‚aɪz〕*v.* 視覺化；想像

feature〔'fitʃə〕*n.* 特色

47. (**C**) 說話者主要是在討論什麼？

　　(A) 公布新的經理。　　　　(B) 介紹一項特別的服務。

　　(C) 增加生意的計畫。　　　　(D) 系內流程的手續。

　　* announcement〔ə'naʊnsmənt〕*n.* 公布

　　 introduction〔‚ɪntrə'dʌkʃən〕*n.* 介紹

　　 increase〔ɪn'kris〕*v.* 增加

　　 procedure〔prə'sidʒə〕*n.* 程序；手續

　　 departmental〔dɪ‚part'mɛntḷ〕*adj.* 部門的；系的

　　 process〔'prɑsɛs〕*n.* 過程；處置

48. (**A**) 七月會發生什麼事？

　　(A) 發佈電視廣告。

　　(B) 客戶推薦信會公布在網路上。

　　(C) 會創立一家新的網路銀行。

　　(D) 會雇用一家廣告公司。

　　* client〔'klaɪənt〕*n.* 顧客

　　 testimonial〔‚tɛstə'monɪəl〕*n.* 證明書；推薦信

　　 post〔post〕*v.* 公告；張貼　　establish〔ə'stæblɪʃ〕*v.* 創立

　　 agency〔'edʒənsɪ〕*n.* 代理店；經銷店

　　 advertising agency 廣告商；廣告公司

　　 supervisor〔‚supə'vaɪzə〕*n.* 監督人；管理人

49. (**D**) A 女士說什麼會吸引顧客？

      (A) 外幣匯率。   (B) 延長營業時間。

      (C) 房屋貸款。   (D) <u>網路銀行。</u>

      * currency〔ˈkɝənsɪ〕 n. 貨幣

          exchange〔ɪksˈtʃendʒ〕 n. 交換；兌換；匯率

          extended〔ɪkˈstɛndɪd〕 adj. 延長的

          business hours 營業時間

Questions 50 through 52 *refer to the following conversation and schedule.*

男：終於跟妳見面了，凱倫，眞感到榮幸。作爲貿易會議的協調人，我很感謝妳接受我們的邀請來帶領其中一段講習會。

女：這是我的榮幸，拉爾夫。我們的機構一直都很樂意有代表可以參加你們的會議。

男：就如你的助理庫柏所要求的，你的講習安排在 11 月 19 日下午。若妳察看行程表，妳將會看到妳報告的題目列在那天最後一個時段。

女：非常感謝你，會場見。

      * pleasure〔ˈplɛʒə〕 n. 榮幸

          coordinator〔koˈɔrdn̩ˌetə〕 n. 協調人

          conference〔ˈkɑmfərəns〕 n. 會議

          session〔ˈsɛʃən〕 n. 活動；講習會

          agency〔ˈedʒənsɪ〕 n. 機構；經銷店

          representative〔ˌrɛprɪˈzɛntətɪv〕 n. 代表

          participate〔parˈtɪsəˌpet〕 v. 參加

          request〔rɪˈkwɛst〕 v. 請求；要求   assistant〔əˈsɪstənt〕 n. 助理

          schedule〔ˈskɛdʒul〕 v. 安排；計畫   n. 行程表

          title〔ˈtaɪtl̩〕 n. 標題   presentation〔ˌprɛzn̩ˈteʃən〕 報告；簡報

          slot〔slat〕 n. 一段時間   ***time slot*** 時段

50. (**B**) 男士是誰？

      (A) 國際貿易專家。   (B) <u>活動協調人。</u>

(C) 貿易代表。　　　　　　　　(D) 經銷店老闆。

* event〔ɪ'vɛnt〕 *n.* 活動　　owner〔'onɚ〕 *n.* 所有者；老闆

51. (**A**) 女士同意做什麼？

(A) 帶領一堂大會講習課。　　(B) 進行面試。

(C) 安排約會。　　　　　　　　(D) 接受新的職位。

* conduct〔kən'dʌkt〕 *v.* 進行　　position〔pə'zɪʃən〕 *n.* 職位

52. (**D**) 看圖表。女士是為誰工作？

(A) 杜普里物流。　　　　　　　(B) 威爾頓飯店。

(C) 沃夫甘‧帕克的湯匙。　　　(D) 黑盒子夥伴。

* graph〔græf〕 *n.* 圖表　　logistics〔lo'dʒɪstɪks〕 *n.* 物流
　associate〔ə'soʃɪɪt〕 *n.* 夥伴；同事
　Baltimore〔'bɔltə,mor〕 *n.* 巴爾的摩【美國馬里蘭州】
　MD 馬里蘭州（= *Maryland*）
　transportation〔,trænspɚ'teʃən〕 *n.* 運輸
　mode〔mod〕 *n.* 模式；方法　　*supply chain* 供應鏈
　sponsor〔'spɑnsɚ〕 *v.* 贊助　　senior〔'sinjɚ〕 *adj.* 資深的
　senior partner 資深合夥人；大股東
　strategic〔strə'tidʒɪk〕 *adj.* 戰略的
　approach〔ə'protʃ〕 *n.* 接近；方法
　marketing〔'mɑrkɪtɪŋ〕 *n.* 行銷
　chief operating officer 營運長
　closing ceremony 閉幕典禮
　ballroom〔'bɔl,rum〕 *n.* 舞廳

國際貿易會議

威爾頓飯店，巴爾的摩，馬里蘭州

星期六，11 月 19 日

早上 10：00–中午 12：00

「運輸模式，以及他們可以影響你的供應鏈」

由杜普里物流贊助——資深合夥人德魯‧弗林特

101 會議室

中午 12：00–下午 1：15
午餐
威爾頓飯店——沃夫甘・帕克的湯匙

下午 1：30–下午 3：00
「亞洲：一套戰略手段因應你的亞洲行銷計畫」
由黑盒子夥伴贊助——營運長凱倫・哈齊客
102 會議室

下午 3：15–下午 4：00
閉幕典禮
威爾頓舞廳

Questions 53 through 55 *refer to the following conversation and ad.*

男：嘿，拉娜。妳最近不是自己創業替企業設計網站嗎？進行得如何？

女：嗯，速度很慢，因爲剛開始我們是靠朋友和前同事的介紹。但是上一週我們在一本貿易期刊張貼廣告，所以我希望那會帶給我們更多的生意。

男：喔，那是個很聰明的作法。妳知道的，或許我也可以幫上忙。

女：眞的嗎？怎麼做？

男：我的部門有興趣改善我們的購物入口網站。我很樂意向我主管提及妳的公司，並建議我們雇用妳來設計我們的新網站。

女：那眞是太棒了！

* ***hey there*** 嘿；嗨　　***start*** *one's* ***business*** 創業
corporation (ˏkɔrpə'reʃən) *n.* 公司；企業　　***depend on*** 依靠
referral (rɪ'fʒəl) *n.* 推薦　　former ('fɔrmɚ) *adj.* 以前的
co-worker (ˏko'wʒkɚ) *n.* 同事　　post (post) *v.* 張貼；公布
advertising ('ædvɚˏtaɪzɪŋ) *n.* 廣告

weekly〔'wiklɪ〕*adj.* 每週的　　trade〔tred〕*n.* 商業
journal〔'dʒɝnḷ〕*n.* 雜誌；期刊　***quite a bit*** 相當多
move〔muv〕*n.* 動作；處置；手段
revamp〔rɪ'væmp〕*v.* 改造　　portal〔'portḷ〕*n.* 正門；入口
online shopping portal 購物入口網站
awesome〔'ɔsəm〕*adj.* 很棒的

53.(**D**) 女士經營什麼事業？

　　　(A) 行銷公司。　　　　　　(B) 外燴服務。
　　　(C) 人力仲介公司。　　　　(D) <u>網站設計公司。</u>

　　　* run〔rʌn〕*v.* 經營　　marketing〔'mɑrkɪtɪŋ〕*n.* 行銷
　　　　catering〔'ketərɪŋ〕*n.* 承辦酒席；外燴
　　　　employment〔ɪm'plɔɪmənt〕*n.* 就業
　　　　agency〔'edʒənsɪ〕*n.* 機構；仲介

54.(**C**) 男士提議做什麼？

　　　(A) 幫助面試求職者。　　　(B) 審查預算。
　　　(C) <u>推薦女士的公司。</u>　　(D) 寫履歷。

　　　* offer〔'ɔfɚ〕*v.* 提議
　　　　candidate〔'kændə,det〕*n.* 候選人；求職者
　　　　review〔rɪ'vju〕*v.* 審查　　budget〔'bʌdʒɪt〕*n.* 預算
　　　　recommend〔,rɛkə'mɛnd〕*v.* 推薦
　　　　resume〔'rɛzu,me〕*n.* 履歷

55.(**A**) 看圖表。潛在的顧客如何能獲得折扣？

　　　(A) <u>藉由提及廣告。</u>　　　(B) 藉由出示折價券。
　　　(C) 藉由訂閱電子報。　　　(D) 藉由在月底下訂單。

　　　* potential〔pə'tɛnʃəl〕*adj.* 潛在的；可能的
　　　　discount〔'dɪskaunt〕*n.* 折扣　　present〔prɪ'zɛnt〕*v.* 出示
　　　　sign up for 報名參加；訂閱
　　　　newletter〔'njuz,lɛtɚ〕*n.* 通訊；電子報
　　　　place an order 下訂單　　peerless〔'pɪrlɪs〕*adj.* 無匹敵的
　　　　custom〔'kʌstəm〕*adj.* 訂製的；客製的
　　　　specialize〔'spɛʃəlaɪz〕*v.* 專攻 < in >

corporate〔ˈkɔrpərɪt〕*adj.* 公司的
account〔əˈkaʊnt〕*n.* 客戶
preview〔ˈpriˌvju〕*v.* 預先觀看
package〔ˈpækɪdʒ〕*n.* 一套的服務　　***ad code*** 廣告代碼

無敵網路服務
客製設計和支援

專業網頁設計服務
針對企業和小型公司的客戶

打八折　　　　上我們的網站來預覽我們的作品
www.peerlessweb.com
提及這廣告,便享有整套客製
設計打八折

電話:712-333-0909
廣告代碼:PWS-009

Questions 56 through 58 refer to the following conversation.

女:哈囉,我是麗姐・海伍德。我昨晚在你們的餐廳用餐,而我認爲
我把手機遺留在我們吃飯的包廂了。手機有被找到嗎?

男:是的,我們發現一隻手機,海伍德女士。它被鎖在經理的保險櫃。
他現在不在辦公室,不過他今天中午前會在這裡。

女:你們眞是太棒了!謝謝你。那麼我今天下午會造訪並拿手機。

男:沒問題,但是請記得帶某些證明物件,像是妳的電話帳單。在我
們歸還妳的電話前,我們會看看那證明。

* Rita〔ˈritə〕*n.* 麗姐　　　Haywood〔ˈheˌwʊd〕*n.* 海伍德
dine〔daɪn〕*v.* 用餐　　　booth〔buθ〕*n.* 包廂
locate〔loˈket〕*v.* 找到　　safe〔sef〕*n.* 保險櫃
drop by 造訪　　verification〔ˌvɛrəfɪˈkeʃən〕*n.* 證明
bill〔bɪl〕*n.* 帳單

56. (**A**) 女士為何打電話？

    (A) 問關於一件失物。   (B) 討論座位安排。

    (C) 抱怨帳單。   (D) 取消預約。

    * missing〔'mɪsɪŋ〕*adj.* 不見的；失蹤的
    item〔'aɪtəm〕*n.* 物品   seating〔'sitɪŋ〕*n.* 就座
    arrangement〔ə'rendʒmənt〕*n.* 安排
    cancel〔'kænsl〕*v.* 取消
    reservation〔͵rɛzɚ'veʃən〕*n.* 預約

57. (**A**) 男士告訴女士要帶什麼？

    (A) 帳單。   (B) 填好的表格。

    (C) 顧客名單。   (D) 信用卡。

    * form〔fɔrm〕*n.* 表格   list〔lɪst〕*n.* 一覽表；名冊

58. (**C**) 女士這個下午最可能去哪裡？

    (A) 警察局。   (B) 顧客的辦公室。

    (C) 餐廳。   (D) 銀行。

    * client〔'klaɪənt〕*n.* 顧客

Questions 59 through 61 *refer to the following conversation and list.*

女：達里爾，我們下週開始會有一個業務代表，而我們需要幫他準備好一台個人電腦和螢幕。你可以跟我們的例行的賣家訂購那些東西嗎？

男：當然可以。妳知道電腦核心已經漲價了嗎，是吧？

女：不，我不知道。

男：我只是幾分鐘前看了一下目錄，而他們目前的款式比較貴。

女：沒錯。嗯，我們的預算是每個職員最多一千五百美元。所以我們就訂購那價格區間內的主機配上最大的螢幕。

男：好的，我會再看一下價格，然後下訂單。

　　* Darryl〔'dærəl〕*n.* 達里爾　　sales〔selz〕*adj.* 銷售的
　　rep〔rɛp〕*n.* 代表；推銷員（= *representative*）
　　set up 使做好準備　　***PC*** 個人電腦（= *presonal computer*）
　　monitor〔'manətə〕*n.* 電腦螢幕
　　regular〔'rɛgjələ〕*adj.* 例行的；慣常的
　　vendor〔'vɛndə〕*n.* 販賣者　　raise〔rez〕*v.* 提高
　　aware〔ə'wɛr〕*adj.* 知道的 < *of* >　　catalog〔'kætḷ,ɔg〕*n.* 目錄
　　current〔'kɝənt〕*adj.* 目前的　　model〔'madḷ〕*n.* 款式
　　budget〔'bʌdʒɪt〕*n.* 預算
　　maximum〔'mæksəməm〕*n.* 最大量；極限
　　system〔'sɪstəm〕*n.* 機械裝置　　screen〔skrin〕*n.* 螢幕

59. (**C**) 女士要求男士做什麼？

　　　(A) 寫一份提案。　　　　　　(B) 聯絡求職者。
　　　(C) 訂購一些器材。　　　　　(D) 找個新賣家。

　　* proposal〔prə'pozḷ〕*n.* 提案　　contact〔'kɑntækt〕*v.* 聯絡
　　candidate〔'kændə,det〕*n.* 求職者
　　equipment〔ɪ'kwɪpmənt〕*n.* 裝備；器材

60. (**D**) 男士提到什麼問題？

　　　(A) 一個電腦款式已經停產。　(B) 一個部門預算被刪減。
　　　(C) 一個設計師離職。　　　　(D) 一個供應商提高價格。

　　* discontinue〔,dɪskən'tɪnju〕*v.* 中止
　　supplier〔sə'plaɪə〕*n.* 供應者

61. (**D**) 看圖表。男士會訂購哪個尺寸的螢幕？

　　　(A) 15 吋。　　　　　　　　　(B) 18 吋。
　　　(C) 21 吋。　　　　　　　　　(D) 23 吋。

　　* ***GHz*** 千兆赫茲【計算頻率的單位，屬於公制的一種，意為每秒的
　　　運週期動次數】　　processor〔'prasɛsə〕*n.* 處理器
　　LCD 液晶顯示器（= *Liquid Crystal Display*）
　　LED 發光二極體（= *Light-emitting diode*）
　　platinum〔'plætṇəm〕*n.* 白金

| 電腦核心產品表 | |
| 電腦套裝（含螢幕） | |
螢幕尺寸	價格
銀 安特爾電腦 866 千兆赫茲處理器 15 吋 LCD 螢幕	799 美元
金 安特爾電腦 866 千兆赫茲處理器 18 吋 LCD 螢幕	899 美元
白金 安特爾電腦 1.4 千兆赫茲處理器 18 吋 LED 螢幕	1099 美元
白金升級 安特爾電腦 1.4 千兆赫茲處理器 21 吋 LCD 螢幕	1199 美元
鑽石 安特爾電腦 2.2 千兆赫茲處理器 21 吋 LED 螢幕	1299 美元
鑽石升級 安特爾電腦 2.2 千兆赫茲處理器 23 吋 LCD 螢幕	1399 美元

Questions 62 through 64 _refer to the following conversation_
and ad.

男：康羅伊醫生，我有一個問題要問妳。我有一個支薪的醫學實習職
　　缺。我知道妳上個月雇用一位實習生。妳在哪裡登實習職缺的？

女：嗯，我聯絡了佛斯特醫學院，而他們推薦了幾個學生。

男：那是個好主意，除了說現在大多的學生在放暑假。我真的需要其
　　他的幫忙，越快越好。

女：那麼或許你應該在醫學連結網站上刊登實習機會。很多人使用那個網站；醫生、護士和學生。那麼你就能確保有很多的申請者。

男：什麼？醫學連結網？在那網站上刊登廣告是免費的嗎？

女：不，你必須註冊一個帳戶，而且有入會費，但是這值得投資。

> * Conroy〔'kɔnrɔɪ〕 n. 康羅伊　　opening〔'opənɪŋ〕 n.（職位）空缺
> medical〔'mɛdɪkḷ〕 adj. 醫學的　　internship〔'ɪntən‚ʃɪp〕 n. 實習
> intern〔'ɪntɜn〕 n. 實習醫生
> advertise〔'ædvɚ‚taɪz〕 v. 登…的廣告
> contact〔'kɑntækt〕 v. 聯絡；接觸　　*school of medicine* 醫學院
> recommend〔‚rɛkə'mɛnd〕 v. 推薦　　*by now* 到目前爲止
> *summer break* 暑假　　*as soon as possible* 越快越好
> *a good number of* 很多的　　applicant〔'æpləkənt〕 n. 申請者
> huh〔hʌ〕 interj.（表示驚奇、疑問等）哈？；什麼？
> post〔post〕 v. 張貼；公告
> advertisement〔‚ædvɚ'taɪzmənt〕 n. 廣告
> *sign up for* 註冊　　account〔ə'kaʊnt〕 n. 帳戶
> nominal〔'nɑmənḷ〕 n. 微薄的；極小的
> fee〔fi〕 n. 手續費；入會費　　worth〔wɜθ〕 adj. 有…價值的
> investment〔ɪn'vɛstmənt〕 n. 投資

62.（**A**）男士想要做什麼？

> (A) 雇用一位實習生。　　(B) 寫一篇論文。
> (C) 找一個新工作。　　(D) 做些研究。
>
> * paper〔'pepɚ〕 n. 論文　　conduct〔kən'dʌkt〕 v. 進行；做
> research〔'risɜtʃ〕 n. 研究

63.（**D**）女士爲何聯絡那間大學？

> (A) 註冊一門課程。　　(B) 繳交一份研究提案。
> (C) 借用器材。　　(D) 找適合的申請者。
>
> * course〔kors〕 n. 課程　　submit〔səb'mɪt〕 v. 繳交
> proposal〔prə'pozḷ〕 n. 提案
> qualified〔'kwɑlə‚faɪd〕 adj. 有資格的；適任的

64. (**C**) 看圖表。實習需要什麼資格？

(A) 一個可靠的交通工具。　　(B) 碩士學歷。

(C) 學業成績平均點數 3.0 以上。

(D) 有效的醫學執照。

* required〔rɪ'kwaɪrd〕adj. 必要的
reliable〔rɪ'laɪəbl̩〕adj. 可靠的
master〔'mæstɚ〕n. 碩士　　degree〔dɪ'gri〕n. 學位
grade point average 學業成績平均點數
valid〔'vælɪd〕adj. 有效的　　license〔'laɪsn̩s〕n. 執照
currently〔'kɝəntlɪ〕adv. 目前；現在
leading〔'lidɪŋ〕adj. 一流的　　firm〔fɝm〕n. 公司
be enrolled in 註冊；入學
accredited〔ə'krɛdɪtɪd〕adj. 被認定合格的
pre-med〔prɪ'mɛd〕adj. 醫學院預科的
program〔'progræm〕n. 課程
facility〔fə'sɪlətɪ〕n. 設施；機構
transportation〔,trænspɚ'teʃən〕n. 運費；運輸
allowance〔ə'lauəns〕n. 零用錢；津貼
commuter〔kə'mjutɚ〕n. 通勤者
Baines〔benz〕n. 班恩斯　　**Ltd.** 有限責任的 (= *Limited*)

如果你目前是醫學院的學生，這個夏天想要賺額外的錢，我們頂尖的醫學研究公司有支薪的實習職缺。

支薪醫學實習

學業成績平均點數必須有 3.0 以上
而且就讀於合格認定的醫學院預科課程

機構位於佛斯特市
通勤者有交通津貼

電話：413-356-7799
菲力・普班恩斯醫生　　生物科技研究股份有限公司

Questions 65 through 67 *refer to the following conversation.*

女：你好，我來電是要詢問關於水族館新的夏季營業時間。我聽說你們某些晚上會營業到比較晚。

男：是的，從 5 月 31 日到 8 月 15 日我們週五和週六將營業到晚上 10 點 30 分。我們那時將會有特別的幕後導覽參觀水族館的設備。

女：那聽起來很棒。參加這其中的導覽有額外的費用嗎？

男：沒有，費用包含在入場費內。不過，我們預期水族館會很擁擠，所以我們建議妳在網站上買預售票。那樣妳可以避免大排長龍。

* greetings（'gritɪŋz）*n. pl.* 問候；你好
  aquarium（ə'kwɛrɪəm）*n.* 水族館
  behind-the-scenes（bɪˌhaɪndðə'sinz）*adj.* 幕後的
  tour（tur）*n.* 遊覽　　facilities（fə'sɪlətɪz）*n. pl.* 設備；設施
  neat（nit）*adj.* 很棒的　　additional（ə'dɪʃənḷ）*adj.* 額外的
  charge（tʃɑrdʒ）*n.* 費用　　include（ɪn'klud）*v.* 包含
  admission（əd'mɪʃən）*n.* 入場費
  crowded（'kraudɪd）*adj.* 擁擠的
  advance（əd'væns）*adj.* 預先的　　***advance ticket*** 預售票
  that way 那樣一來　　line（laɪn）*n.* 排隊

65.（**D**）女士為何打電話？

　　　　(A) 找關於拍賣一事。　　　(B) 註冊會員身份。
　　　　(C) 安排一個演講。　　　　(D) 詢問一個行程。

　　　　* sale（sel）*n.* 拍賣
　　　　　membership（'mɛmbəˌʃɪp）*n.* 會員身份
　　　　　arrange（ə'rendʒ）*v.* 安排　　lecture（'lɛktʃə）*n.* 演講

66.（**D**）男士推薦什麼？

　　　　(A) 查看展覽會樓層平面圖。　(B) 早到活動場地。
　　　　(C) 註冊會員活動。　　　　　(D) 線上購票。

　　　　* exhibit（ɪg'zɪbɪt）*n.* 展覽會　　***floor plan*** 樓層平面圖
　　　　　program（'progræm）*n.* 活動；計畫

67. (**D**) 夏天的時候該水族館提供什麼？

     (A) 兒童保健。   (B) 詮釋舞蹈課程。

     (C) 免費入場。   (D) <u>特別導覽。</u>

     * **child care** 兒童保健

       interpretive〔ɪnˈtɜprɪtɪv〕*adj.* 解釋的；說明的

       (= *interpretative*)

       interpretive dance 詮釋舞蹈；形意舞蹈【現代舞的一種，舞者

       以動作來表達一種情緒或闡述一個故事】

Questions 68 through 70 refer to the following conversation and map.

女：這裡是教職員停車庫，是吧？你是可以發送暫時停車證的人嗎？

男：我能發，不過我們不發送教職員停車庫暫時停車證。然而，我可以發送月停車證，75 美元。我會需要看妳的大學身份證。

女：我是客座講師。我的名字是桑德拉‧麥卡利斯特。我會在木邊廳講課。

男：妳依然還是需要有許可證才可以停車，麥卡利斯特女士。

女：不過我只來這裡一週，而且並沒有發送給我許可證。現在沒有處理訪問學者的停車政策嗎？

男：大多是使用大學道的公共停車庫。有校園接駁公車會載妳到木邊廳。

     * faculty〔ˈfæklṭɪ〕*n.* 全體教職員   ***parking garage*** 停車庫

     issue〔ˈɪʃu〕*v.* 發行   temporary〔ˈtɛmpəˌrɛrɪ〕*adj.* 暫時的

     permit〔ˈpɜmɪt〕*n.* 許可證   monthly〔ˈmʌnθlɪ〕*adj.* 每月的

     guest〔gɛst〕*adj.* 賓客的   lecturer〔ˈlɛktʃərə〕*n.* 演講者；講師

     Sondra〔ˈsɑndrə〕*n.* 桑德拉

     McAllister〔məˈkælɪstə〕*n.* 麥卡利斯特

     hall〔hɔl〕*n.* 大廳；…館   policy〔ˈpɑləsɪ〕*n.* 政策；方針

     deal with 處理   ***visiting scholar*** 訪問學者

     in place 現存可用的   avenue〔ˈævəˌnju〕*n.* 大道

     campus〔ˈkæmpəs〕*n.* 校園   ***shuttle bus*** 接駁車

68.(**D**) 女士要求什麼？

      (A) 不同的出租車。   (B) 街道地圖。

      (C) 巴士行程表。   (D) <u>暫時停車證。</u>

      * request〔rɪ'kwɛst〕*v.* 要求   rental〔'rɛntl̩〕*adj.* 出租的

69.(**B**) 男士建議什麼？

      (A) 用信用卡付費。   (B) <u>用替代的停車場。</u>

      (C) 選一輛較小的車子。   (D) 重新安排演講時間。

      * alternative〔ɔl'tɜnətɪv〕*adj.* 替代的   ***parking area*** 停車場
      reschedule〔ˌri'skɛdʒul〕*v.* 重新安排

70.(**B**) 看圖表。現在桑德拉・麥卡利斯特女士離公共停車庫有多遠？

      (A) 一個街區。

      (B) <u>兩個街區。</u>

      (C) 三個街區。

      (D) 四個街區。

      * ***right now*** 現在
      stadium〔'stedɪəm〕*n.* 露天體育場
      wing〔wɪŋ〕*n.* (建築物的) 側翼

PART 4 詳解 (Track 2-04)

Questions 71 through 73 refer to the following excerpt from a meeting.

謝謝今天邀請我。你們的公司，在新建築計畫，使用太陽能板作爲替代能源。所以我認爲你們應該會對我們的新產品，相當有興趣——TED 眞時間能源監控裝置。這款儀器可以計算太陽能板的電力輸出，並且把用量轉換成金額，所以它可以讓使用者清楚的知道，他們每天在能源的消費上能節省多少。因爲你們已經被僱用設計來年的藝術羅賓森中心，這套監控系統對你們的顧客來說會是一套吸引人的特色。現在我來傳閱這項產品技術規格的資訊。

* solar〔'solə〕*adj.* 太陽的　　panel〔'pænḷ〕*n.* 鑲板
architectural〔,ɑrkə'tɛktʃərəl〕*adj.* 建築的
monitor〔'mɑnətə·〕*n.* 監控裝置　*v.* 監視
device〔dɪ'vaɪs〕*n.* 裝置　　measure〔'mɛʒə·〕*v.* 測量
electrical〔ɪ'lɛktrɪkḷ〕*adj.* 電的　　output〔'aʊt,pʊt〕*n.* 產量
convert〔kən'vɜt〕*v.* 改變　　usage〔'jusɪdʒ〕*n.* 用法
attractive〔ə'træktɪv〕*adj.* 吸引人的　　feature〔'fitʃə·〕*n.* 特色
client〔'klaɪənt〕*n.* 顧客　　***pass aound***　分發
technical〔'tɛknɪkḷ〕*adj.* 技術的
specifications〔,spɛsəfə'keʃənz〕*n. pl.* 規格

71. (**B**) 這位說話者探訪的目的為何？
 　　(A) 呈現研究新發現。　　　(B) <u>為新產品做宣傳。</u>
 　　(C) 改善員工效率。　　　　(D) 解釋一個公司的程序。
 　　* procedure〔prə'sidʒə·〕*n.* 程序

72. (**B**) 根據說話者，傾聽者計畫明年要？
 　　(A) 開一間海外公司。　　　(B) <u>設計一棟建物。</u>
 　　(C) 重組一個部門。　　　　(D) 主辦貿易展。
 　　* restructure〔rɪ'strʌktʃə·〕*v.* 重建

73. (**B**) 說話者下一步最可能做？
 　　(A) 回答一些問題。　　　　(B) <u>分發一些文件。</u>
 　　(C) 介紹一位客人。　　　　(D) 完成一項安裝。
 　　* distribute〔dɪ'strɪbjut〕*v.* 分發；分送

Questions 74 through 76 refer to the following telephone message.

哈囉，易爾林先生嗎？我是聲震飲料公司的珍娜·洛布。行銷組聽到你
為我們新的全天然能量飲料的廣播廣告，所寫的廣告歌曲。我們很喜歡
這首歌，並且認為它會吸引我們的目標觀眾。我們唯一的顧慮就是，商
品名稱沒有在歌曲結束時被重複。可以請你再錄製一個新的版本嗎？當
你完成後，我們應該就能夠用在廣告中。

* marketing (ˈmɑrkɪtɪŋ) *n.* 行銷　　jingle (ˈdʒɪŋgl̩) *n.* 廣告歌
all-natural *adj.* 全天然的　　*energy drink* 能量引量飲料；精力湯
appeal to 吸引　　target (ˈtɑrgɪt) *n.* 目標
audience (ˈɔdɪəns) *n.* 觀眾；聽眾
concern (kənˈsɝn) *n.* 關心的事
record (rɪˈkɔrd) *v.* 錄製　　version (ˈvɝʒən) *n.* 版本

74. (**A**) 什麼產品正在被討論？

  (A)　<u>一種能量飲料。</u> (B)　一種維他命補充品。

  (C)　一種早餐穀片。 (D)　一種營養棒。

  * supplement (ˈsʌpləmənt) *n.* 補充物；補充品
   cereal (ˈsɪrɪəl) *n.* 穀片　　nutrition (njuˈtrɪʃən) *n.* 營養
   bar (bɑr) *n.* 棒狀物

75. (**A**) 打電話者所提及的顧慮為何？

  (A)　<u>產品名稱沒有被重複。</u>

  (B)　焦點人群不喜歡的風味。 (C)　歌曲過長。

  (D)　包裝不容易打開。

  * *focus group* 焦點人群【代表大眾，其觀點可做市場調查】
   flavor (ˈflevɚ) *n.* 味道　　package (ˈpækɪdʒ) *n.* 包裝

76. (**D**) 說話者要求傾聽者做？

  (A)　寄出額外的樣本。 (B)　到公司總部。

  (C)　建議另一個名字。 (D)　<u>再錄一首歌曲。</u>

  * additional (əˈdɪʃənl̩) *adj.* 額外的
   sample (ˈsæmpl̩) *n.* 樣本
   headquarters (ˈhɛdˈkwɔrtɚz) *n. pl.* 總部

Questions 77 through 79 *refer to the following broadcast.*

晚安。首先在今日太空的節目上，有個令人興奮的新聞是，我們在接
近銀河系的邊緣有個發現。一個天文學家的團隊發現了之前沒有被專
家觀察到的黑星。他們正試著要替該星星命名，並請大眾提出意見。

之後在這節目上，我們會告訴你如何參加這個網路上的比賽，並有機
會到可可海灘的阿爾倫太空中心一遊。不過首先，我們來聽聽蓋布列
爾‧戴森博士，他是帶領該團隊的天文學家。他會到這演播室來告訴
我們關於這非常迷人的發現。

* ***first up*** 首先 discovery〔dɪˋskʌvərɪ〕*n.* 發現
edge〔ɛdʒ〕*n.* 邊緣 ***Milky Way*** 銀河
astronomer〔əˋstrɑnəmə〕*n.* 天文學家
black star 黑星【天體（恆星）發出的光無法逃逸。米歇爾和拉普拉斯把
這類看不見的天體稱為黑星】
observe〔əbˋzɝv〕*v.* 觀察 expert〔ˋɛkspɝt〕*n.* 專家
the public 大眾 submit〔səbˋmɪt〕*v.* 提出
flight〔flaɪt〕*n.* 班機 delay〔dɪˋle〕*v.* 延遲
program〔ˋprogræm〕*n.* 節目 contest〔ˋkɑntɛst〕*n.* 比賽
cocoa〔ˋkoko〕*adj.* 可可的；深褐色的
Gabriel〔ˋgebrɪəl〕*n.* 蓋布列爾 Dyson〔ˋdaɪsn̩〕*n.* 戴森
lead〔lid〕*v.* 領先的；帶頭的
studio〔ˋstjudɪ,o〕*n.* 錄音室；演播室
fascinating〔ˋfæsn̩,etɪŋ〕*adj.* 迷人的

77. (**B**) 這廣播主要是關於什麼？
　　　(A) 一項國際的獎項。　　(B) 一個科學發現。
　　　(C) 一項運動比賽。　　　(D) 一個即將來臨的會議。

　　* broadcast〔ˋbrɔd,kæst〕*n.* 廣播
award〔əˋwɔrd〕*n.* 獎 sports〔spɔrts〕*adj.* 運動的
competition〔,kɑmpəˋtɪʃən〕*n.* 比賽
upcoming〔ʌpˋkʌmɪŋ〕*adj.* 即將到來的
conference〔ˋkɑnfərəns〕*n.* 會議

78. (**B**) 根據說話者，聽眾可以在網站上做什麼？
　　　(A) 讀文章。　　　　　(B) 參加比賽。
　　　(C) 查看節目表。　　　(D) 看照片。

　　* article〔ˋɑrtɪkl̩〕*n.* 文章
listing〔ˋlɪstɪŋ〕*n.* 列表；一覽表 view〔vju〕*v.* 觀看

79. (**B**) 蓋布列爾・戴森博士是誰？

    (A) 一位導遊。   (B) <u>一位天文學家。</u>

    (C) 一位記者。   (D) 一位營養學家。

    * ***tour guide*** 導遊   journalist ('dʒɝnḷɪst) *n.* 記者
    nutritionist (nju'trɪʃənɪst) *n.* 營養學家

Questions 80 through 82 refer to the following talk.

代表萊斯輝柏的法律團隊，我非常歡迎你們到這件事務所來。現在我知道你們都是合格的法律助理，但是我想要確保你們能接受你們的職務。所以你們的第一週，會指派給你們一位導師。這些經驗豐富的職員將會解釋我們的程序，並回答你們關於公司的問題。在一週結束後，你們的導師會評估你的工作，並讓我們知道你們是否可以獨立處理指派的工作。我很們高興你們來到這，而且希望你們樂於工作。

    * ***on behalf of*** 代表   legal ('ligḷ) *adj.* 法律的
    firm (fɝm) *n.* 公司；事務所
    certified ('sɝtə,faɪd) *adj.* 檢定合格的
    assistant (ə'sɪstənt) *n.* 助理   ***make sure*** 確認；確保
    assignment (ə'saɪnmənt) *n.* 指派的工作；職務
    assign (ə'saɪn) *v.* 分配；指派
    mentor ('mɛntɚ) *n.* 導師；指導者
    experienced (ɪks'pɪrɪənst) *adj.* 有經驗的；經驗豐富的
    staff (stæf) *n.* 工作人員   procedure (prə'sidʒɚ) *n.* 程序
    evaluate (ɪ'vælju,et) *v.* 評估   handle ('hændḷ) *v.* 處理
    independently (,ɪndɪ'pɛndəntlɪ) *adv.* 獨立地

80. (**D**) 誰是這段話預期的聽眾？

    (A) 電腦維修人員。   (B) 客服代表。

    (C) 財務顧問。   (D) <u>法律助理。</u>

    * intended (ɪn'tɛndɪd) *adj.* 預期的
    repair (rɪ'pɛr) *n.* 修理
    technician (tɛk'nɪʃən) *n.* 技術人員
    customer service 客服

representative〔͵rɛprɪ'zɛntətɪv〕*n.* 代表
financial〔fə'nænʃəl〕*adj.* 財務的
adviser〔əd'vaɪzə〕*n.* 顧問

81. (**D**) 聽眾會如何受訓？

    (A) 藉由看線上影片。

    (B) 藉由出席一系列的講習。

    (C) 藉由閱讀員工指南。

    <u>(D) 藉由和經驗豐富的員工共事。</u>

    * series〔'sɪrɪz〕*n.* 一系列；一連串
      workshop〔'wɜk͵ʃɑp〕*n.* 講習
      employee〔͵ɛmplɔɪ'i〕*n.* 員工
      handbook〔'hænd͵bʊk〕*n.* 手冊；指南

82. (**A**) 說話者表示在一週後會發生什麼事？

    <u>(A) 新員工會受到評估。</u>   (B) 參加者將會出席宴會。

    (C) 政策會更新。   (D) 行程會發佈。

    * participant〔pə'tɪsəpənt〕*n.* 參加者
      banquet〔'bæŋkwɪt〕*n.* 宴會
      policy〔'pɑləsɪ〕*n.* 政策   update〔ʌp'det〕*v.* 更新
      schedule〔'skɛdʒul〕*n.* 行程
      post〔post〕*v.* 張貼；發佈

Questions 83 through 85 refer to the following announcement and graphik.

嗨，各位。我希望你們喜歡這場會議。嗯，在我們開始下個報告之前，我要快速宣佈一件事。你們應該已經收到一包註冊袋，裡面有預付的兌換券，用於今晚的歡迎晚宴。但是看似有些小包沒有該兌換券，所以如果你沒拿到，在三點的休息時間，我會在大廳發送兌換券。你只需要出示你的會議識別證，就能領取你的兌換券。所以別忘了。好嗎？

    * conference〔'kɑnfərəns〕*n.* 會議
      um〔ʌm〕*interj.* (表示遲疑) 嗯   ***get started with*** 開始；著手

　　presentation〔,prɛzn̩'teʃən〕*n.* 報告；陳述
　　announcement〔ə'naʊnsmənt〕*n.* 公告；宣佈
　　pre-paid〔prɪ'ped〕*adj.* 預付的　　voucher〔'vaʊtʃə〕*n.* 兌換券
　　registration〔,rɛdʒɪ'streʃən〕*n.* 註册；登記
　　packet〔'pækɪt〕*n.* 包裝袋；小包　　lobby〔'labɪ〕*n.* 大廳
　　distribute〔dɪs'trɪbjut〕*v.* 分發　　break〔brek〕*n.* 休息時間
　　present〔prɪ'zɛnt〕*v.* 出示　　badge〔bædʒ〕*n.* 徽章；識别證

83. (**C**) 聽衆最可能是誰？

　　　　(A) 演唱會表演者。　　　　(B) 技術支援員工。
　　　　(C) 會議出席者。　　　　　(D) 餐廳服務生。

　　　　* concert〔'kansɝt〕*n.* 演唱會
　　　　　performer〔pə'fɔrmə〕*n.* 表演者
　　　　　technical〔'tɛknɪkl̩〕*adj.* 技術的
　　　　　attendee〔ətɛn'di〕*n.* 出席者；參加者
　　　　　server〔'sɝvə〕*n.* 服務生

84. (**B**) 說話者提到什麼問題？

　　　　(A) 有一間房間沒有預定到。
　　　　(B) 有些票券沒有發送。
　　　　(C) 有位演講者不在。
　　　　(D) 有個麥克風無法運作。

　　　　* reserve〔rɪ'zɝv〕*v.* 保留；預定
　　　　　ticket〔'tɪkɪt〕*n.* 票券　　speaker〔'spikə〕*n.* 演講者
　　　　　unavailable〔,ʌnə'veləbl̩〕*adj.* 不在的

85. (**C**) 看圖表。晚宴在哪裡舉辦？

　　　　(A) 在自助餐廳。　　　　　(B) 在會議室。
　　　　(C) 在飯店舞廳。　　　　　(D) 在非正式的餐廳。

　　　　* cafeteria〔,kæfə'tɪrɪə〕*n.* 自助餐廳
　　　　　ballroom〔'bɔl,rum〕*n.* 舞廳
　　　　　casual〔'kæʒʊəl〕*adj.* 非正式的
　　　　　good〔gʊd〕*adj.* 有效的　　regent〔'ridʒənt〕*adj.* 攝政的

```
┌─────────────────────────────────┐
│           阿福登商業會議           │
│            歡迎宴會              │
│             兌換券              │
│         用於一位登記的出席者       │
│       日期：1 月 15 日，星期二     │
│         時間：晚間 6 點          │
│       地點：麗晶飯店，銀櫃舞廳      │
│        請到場時出示該兌換券        │
└─────────────────────────────────┘
```

Questions 86 through 88 *refer to the following telephone message.*

嗨，密雪兒。我是來自鳳凰城的喬治。這裡空手道錦標賽比賽剛才圓滿結束。遺憾的是，我們的班機延遲了。我很抱歉，不過這表示我明天將無法到達區域運動協會的會議。我知道妳期待我能在會議代表我們學校，並投票給新的協會主席。妳覺得妳能代替我去嗎？無論如何，我很滿意我們團隊在錦標賽的表現。我們有六個孩童在他們的重量級別比賽獲得前三名。在我回來後會告訴妳所有的事。

* ***hey, there*** 嘿；嗨
　　Phoenix〔'finiks〕*n.* 鳳凰城【美國亞利桑納州的首府】
　　competition〔ˌkɑmpə'tɪʃən〕*n.* 競爭
　　wrap up 圓滿完成　　karate〔kə'rɑtɪ〕*n.* 空手道
　　tournament〔'tɝnəmənt〕*n.* 競賽；錦標賽
　　unfortunately〔ʌn'fɔrtʃənɪtlɪ〕*adv.* 不幸地；遺憾地
　　flight〔flaɪt〕*n.* 班機　　delay〔dɪ'le〕*v.* 延遲
　　make it to 抵達　　regional〔'ridʒənḷ〕*adj.* 區域的
　　weight〔wet〕*n.* 體育的；競賽的
　　association〔əˌsosɪ'eʃən〕*n.* 協會　　***count on*** 依靠；期待
　　represent〔ˌrɛprɪ'zɛnt〕*v.* 代表　　vote〔vot〕*v.* 投票
　　chairperson〔'tʃɛrˌpɝsṇ〕*n.* 主持人　　***in one's place*** 代替某人
　　pleased〔plizd〕*adj.* 滿意的　　finish〔'fɪnɪʃ〕*v.* 獲得名次
　　weight class 重量級別

86.(**C**) 說話者最可能在哪裡工作？

    (A) 在當地的機場。   (B) 在健身雜誌。

    (C) 在武術學校。   (D) 在旅行社。

    * local〔'lokḷ〕*adj.* 當地的   airport〔'ɛr,port〕*n.* 機場

    fitness〔'fɪtnɪs〕*n.* 體能；健身   ***martial arts*** 武術

    travel agency 旅行社

87.(**C**) 說話者爲什麼道歉？

    (A) 他錯過一個出版截止日期。

    (B) 他忘了把一組鑰匙放在哪裡。

    (C) 他無法出席一場會議。   (D) 他無法使用電腦網路。

    * apologize〔ə'palə,dʒaɪz〕*v.* 道歉

    publication〔,pʌblɪ'keʃən〕*n.* 出版；發行

    deadline〔'dɛd,laɪn〕*n.* 截止日期

    misplace〔,mɪs'ples〕*v.* 忘記把…放在什麼地方

    attend〔ə'tɛnd〕*v.* 出席   access〔'æksɛs〕*v.* 進入；使用

88.(**D**) 說話者很滿意什麼事？

    (A) 新的軟體系統的特色。   (B) 廣告預算的改變。

    (C) 活動的人數。   (D) 某些隊員的表現。

    * feature〔'fitʃɚ〕*n.* 特色   software〔'soft,wɛr〕*n.* 軟體

    budget〔'bʌdʒɪt〕*n.* 預算

    performance〔pɚ'fɔrməns〕*n.* 表現

Questions 89 through 91 *refer to an excerpt from a meeting and survey results.*

在今天的會議上，我下一個要討論的是，圖書館顧客上個月塡寫的調查結果。有一件事情我們感到很訝異，關於在服務台等待時間的評論和反應。有些人回報說他們感到很失望，因爲工作人員不足。所以我們確實是需要聘僱更多的員工。樂觀來看，我很高興要說，我們可能主辦每週電影夜的想法，似乎很吸引我們的顧客。如果我們眞的著手去做，他們很想要看到各種類型的影片，包含紀錄片和國際電影。

* result〔rɪ'zʌlt〕n. 結果　survey〔'sɜve〕n. 調查
  patron〔'petrən〕n. 顧客　*fill out* 填（表格）
  comment〔'kɑmɛnt〕n. 評論
  feedback〔'fid,bæk〕n. 反應；反餽　*wait time* 等待時間
  information desk 服務台　*a number of* 一些
  frustrated〔'frʌstretɪd〕adj. 挫折的；失望的
  staff〔stæf〕n. 工作人員　definitely〔'dɛfənɪtlɪ〕adv. 確實
  positive〔'pɑzətɪv〕adj. 正面的　note〔not〕n. 氣氛；雰圍
  on a positive note 樂觀地說　host〔host〕v. 主辦；主持
  appeal to 吸引　*go ahead with* 開始；著手
  a variety of 各種的　genre〔'ʒɑnrə〕n. 類型
  documentary〔,dɑkjə'mɛntərɪ〕n. 紀錄片　film〔fɪlm〕n. 電影

89.（**B**）看圖表。圖書館的顧客最滿意什麼？

　　　（A）更新政策。

　　　（B）<u>整體的選擇。</u>

　　　（C）取得資料的便利性。

　　　（D）服務台的等待時間。

　　　* renewal〔rɪ'njuəl〕n. 更新
　　　　overall〔'ovɚ,ɔl〕adj. 整體的
　　　　access〔'æksɛs〕n. 接觸；使用；取得
　　　　material〔mə'tɪrɪəl〕n. 資料　fee〔fi〕n. 費用
　　　　sample〔'sæmpl〕n. 樣本

90.（**C**）女士說：「樂觀來看」，是什麼意思？

　　　（A）她會回答一些問題。　　（B）她要聽眾做筆記。

　　　（C）<u>她將會介紹不同的主題。</u>

　　　（D）她有更多壞消息帶給聽眾。

　　　* *take notes* 做筆記　introduce〔,ɪntrə'djus〕v. 介紹

91.（**A**）關於服務台，說話者說了什麼？

　　　（A）<u>人員不足。</u>　　　　（B）正在維修。

　　　（C）最近遷移。　　　　　　（D）有更快的網路連線。

　　　* understaffed〔ˌʌndɚˈstæft〕*adj.* 人員不足的
　　　repair〔rɪˈpɛr〕*v.* 修理　　　relocate〔rɪˈloket〕*v.* 遷移
　　　connection〔kəˈnɛkʃən〕*n.* 連結；連線

Questions 92 through 94 refer to the following broadcast.

在霍爾德角的聲明日一定要有煙火表演，這第一次出現在 1991 年是爲了慶祝該都市的創立。這一整天的活動在星期天舉行，地點在霍爾德角的散步道，還包含了遊樂設施、遊戲、食物，以及免費的演唱會。煙火表演會在港口的駁船上施放。通常來說，最好的觀賞地點是在北邊的地點；不過，第七小徑因爲目前在保養而關閉。所以最好的觀賞地點是從海灘上。如果你計畫前往活動地點，早點到以佔領一個好地方。預計會有大批人群，所以攜帶毯子或是椅子，好好享受這聚會。你可以上我們的網站看地圖，有更多觀看煙火的好地點。

　　* ***Declaration Day*** 聲明日　　***Point Howard*** 霍爾德角【位於紐西蘭】
　　annual〔ˈænjuəl〕*adj.* 每年的　　　firework〔ˈfaɪrˌwɝk〕*n.* 煙火
　　debut〔dɪˈbju〕*n.* 初次表演；初次登場
　　commemorate〔kəˈmɛməˌret〕*v.* 紀念
　　founding〔ˈfaundɪŋ〕*n.* 建立　　　event〔ɪˈvɛnt〕*n.* 活動
　　take place 發生；舉辦
　　boardwalk〔ˈbordˌwɔlk〕*n.*（海岸等以板鋪成的）散步道
　　carnival〔ˈkarnəvl̩〕*n.* 表演活動
　　carnival ride 遊樂設施（= *amusement ride*）
　　concert〔ˈkansɝt〕*n.* 音樂會；演唱會
　　fireworks display 煙火表演　　***set off*** 點燃；引爆；開始
　　barge〔bardʒ〕*n.* 大型平底船；駁船
　　harbor〔ˈharbɚ〕*n.* 港；海港　　　trail〔trel〕*n.* 小路；小徑
　　on-going〔ˈanˌgoɪŋ〕*adj.* 進行中的
　　maintenance〔ˈmentənəns〕*n.* 保養　　spot〔spat〕*n.* 地點
　　head to 前往　　　action〔ˈækʃən〕*n.* 活動
　　grab〔græb〕*v.* 抓；奪取　　　crowd〔kraud〕*n.* 人群
　　pack〔pæk〕*v.* 打包；攜帶（= *carry*）
　　blanket〔ˈblæŋkɪt〕*n.* 毛毯；毯子

92. (**B**) 看圖表。星期日觀衆不能去哪裡？

    (A) 散步道。

    (B) 野餐區。

    (C) 港角路。

    (D) 日落海灘。

93. (**D**) 關於該海灘，說了什麼？

    (A) 在施工中。

    (B) 過橋要花錢。

    (C) 關閉對外交通。

    (D) 提供很好的視野。

    * construction〔kən'strʌkʃən〕*n.* 建築；施工
      under construction 施工中

94. (**B**) 星期日有什麼計畫？

    (A) 運動比賽。   (B) 城市慶典。

    (C) 地方選舉。   (D) 徒步旅行。

    * schedule〔'skɛdʒul〕*v.* 預定；計畫
      sporting event 運動比賽
      celebration〔͵sɛlə'breʃən〕*n.* 慶祝；慶典
      local〔'lokḷ〕*adj.* 地方的   election〔ɪ'lɛkʃən〕*n.* 選舉

Questions 95 through 97 refer to the following announcement.

搭乘康科迪亞航空班機 2424 號，開往柏本克的乘客，請注意。該飛機正在加油中，對於班機延遲我們感到很抱歉。但是現在我們準備好要開始登機了。本班機是滿載班機。所以我需要提醒各位關於我們的行李規定。每位乘客只允許一項手提物品，不超過 15 磅。任何超重物品或是額外的行李必須要在櫃臺托運。這時候，我們只請有孩童和需要幫助的乘客登機。幾分鐘後，我們開始座位 40 排到 55 排的乘客登機。請拿出您的登機證供檢驗，以加速登機過程。

    * attention〔ə'tɛnʃən〕*n.* (作感嘆詞) 注意

passenger〔'pæsṇdʒɚ〕 *n.* 乘客

Concordia〔kən'kɔrdɪə〕 *n.* 康科迪亞

airline〔'ɛr,laɪn〕 *n.* 航空公司　　flight〔flaɪt〕 *n.* 班機

with serice to 開往

Burbank〔'bɚ,bæŋk〕 *n.* 柏本克【位於加利福尼亞州的城市】

apologize〔ə'pɑlə,dʒaɪz〕 *v.* 道歉　　delay〔dɪ'le〕 *n.* 延遲；耽誤

aircraft〔'ɛr,kræft〕 *n.* 飛行器；飛機

refuel〔ri'fjuəl〕 *v.* 爲…加油　　board〔bord〕 *v.* 登機；給…登機

remind〔rɪ'maɪnd〕 *v.* 提醒　　baggage〔'bægɪdʒ〕 *n.* 隨身行李

regulation〔,rɛgjə'leʃən〕 *n.* 規定

carry-on〔'kærɪ,ɑn〕 *adj.* 可攜帶入機艙內的

item〔'aɪtəm〕 *n.* 物品　　pound〔paʊnd〕 *n.* 磅【約 0.454 公斤】

weigh〔we〕 *v.* 重量達　　additional〔ə'dɪʃənḷ〕 *adj.* 額外的

luggage〔'lʌgɪdʒ〕 *n.* 行李　　check〔tʃɛk〕 *v.* 將…托運

at this point 在這時候　　assistance〔ə'sɪstəns〕 *n.* 幫助

row〔ro〕 *n.* 排　　***boarding pass*** 登機證

inspection〔ɪn'spɛkʃən〕 *n.* 檢查

speed up 加速　　process〔'prɑsɛs〕 *n.* 過程

---

95. (**B**) 廣播者提醒聽者什麼事？

(A) 轉乘程序。　　　　　　　(B) 行李限制。

(C) 常飛旅客計畫。　　　　　(D) 班機餐點選擇。

* transfer〔træns'fɝ〕 *n.* 轉乘

procedure〔prə'sidʒɚ〕 *n.* 程序

restriction〔rɪ'strɪkʃən〕 *n.* 限制

frequent〔'frikwənt〕 *adj.* 經常的

frequent-flier 常飛旅客；經常坐飛機的人

program〔'progræm〕 *n.* 計畫

in-flight〔'ɪn'flaɪt〕 *adj.* 飛行中的

option〔'ɑpʃən〕 *n.* 選擇

---

96. (**C**) 延遲的原因是什麼？

(A) 飛機正在接受例行性的檢查。

(B) 航空交通比預期中忙碌。

(C) 飛機需要更多的油。

(D) 那個區域天氣不好。

* cause〔kɔz〕 *n.* 原因　　undergo〔ˌʌndɚˈgo〕 *v.* 接受
routine〔ruˈtin〕 *adj.* 例行性的　　fuel〔ˈfjuəl〕 *n.* 燃料；油

97. (**D**)　廣播者要求聽者做什麼？

(A) 移動到不同的等候區。　　(B) 接收新的座位分配。

(C) 認領所有物。　　　　　　(D) 準備好登機證。

* ***waiting area*** 等候區
assignment〔əˈsaɪnmənt〕 *n.* 分配
claim〔klem〕 *v.* 認領
belongings〔bəˈlɔŋɪŋz〕 *n. pl.* 所有物

Questions 98 through 100 refer to the following advertisement.

工作臺提供你最佳品質的品牌，符合你家庭裝修的需求，所以不要錯過我們超級大拍賣的活動。如果你覺得我們的產品太貴，再考慮一下。只有這個星期一，提到這個廣告，然後當你購買一台售價美金 299.99 元的 Solarais® 手提式小型動力鍊鋸，就能以零售價 5 折購買第二台。如果運送大型箱子是問題，不要擔心。我們可以直接運送到你家，不需要額外費用。本週一在工作臺與您相見。

* bench〔bɛntʃ〕 *n.* 長臺；工作臺　　quality〔ˈkwɑlətɪ〕 *n.* 品質
brand〔brænd〕 *n.* 品牌　　***home improvement*** 家庭裝修
miss out on 錯過　　blowout〔ˈbloˌaʊt〕 *n.* 爆裂　*adj.* 超級大的
discount〔ˈdɪskaʊnt〕 *n.* 折扣　　event〔ɪˈvɛnt〕 *n.* 活動
product〔ˈprɑdəkt〕 *n.* 產品　　ad〔æd〕 *n.* 廣告
portable〔ˈportəbḷ〕 *adj.* 可攜帶的
chain saw 小型動力鍊鋸　　retail〔ˈritel〕 *adj.* 零售的
transportation〔ˌtrænspɚˈteʃən〕 *n.* 運送；運輸
issue〔ˈɪʃu〕 *n.* 問題　　purchase〔ˈpɝtʃəs〕 *n.* 購買物
directly〔dəˈrɛktlɪ〕 *adv.* 直接地
additional〔əˈdɪʃənḷ〕 *adj.* 額外的

98.（**A**） 正在廣告哪一種商品？

  (A) 五金器具。   (B) 小型電子產品。

  (C) 包裝材料。   (D) 衣服。

  * merchandize（'mɝtʃən͵daɪz）*n.* 商品
   advertise（'ædvɚ͵taɪz）*v.* 登…的廣告
   hardware（'hɑrd͵wɛr）*n.* 五金器具；硬體
   electronics（ɪ͵lɛk'trɑnɪks）*n. pl.* 電子產品
   packing（'pækɪŋ）*n.* 包裝
   material（mə'tɪrɪəl）*n.* 材料

99.（**B**） 星期一顧客如何可以獲得折扣？

  (A) 藉由買更大的箱子。 (B) 藉由提到一則廣告。

  (C) 藉由出示折價券。 (D) 藉由辦理信用額度。

  * *refer to* 提到；提及 present（prɪ'zɛnt）*v.* 出示
   coupon（'kupɑn）*n.* 優惠券；折價券
   line of credit 信用額度

100.（**A**） 根據說話者，該商店提供什麼額外的服務？

  (A) 訂單免運費。

  (B) 代表 1 天 24 小時都可聯絡的到。

  (C) 顧客可以預購商品。

  (D) 每項購買品都可以免費包裝。

  * *free of charge* 免費
   representative（͵rɛprɪ'zɛntətɪv）*n.* 代表人
   available（ə'veləbḷ）*adj.* 有空的
   preorder（prɪ'ɔrdɚ）*v.* 預購 wrap（ræp）*v.* 包裝
   complimentary（͵kɑmplə'mɛntərɪ）*adj.* 免費的

PART 5 詳解

101. (**D**) 在特里頓生物醫學公司，所有第一年的實驗室技術人員，和研究
助理都必定參加過一個全體的就職培訓計劃

依文法，***must have + p.p.*** 表對過去的推測，意思為「過去
一定～」，故選 (D)。

* ***first-year*** 第一年的　　lab〔læb〕*n.* 實驗室
technician〔tɛk'nɪʃən〕*n.* 技術人員
research〔'risɝtʃ〕*n.* 研究　　assistant〔ə'sɪstənt〕*n.* 助理
biomedical〔,baɪo'mɛdɪkḷ〕*adj.* 生物醫學的
Inc. 股份有限公司　　general〔'dʒɛnərəl〕*adj.* 全體的
orientation〔,orɪɛn'teʃən〕*n.* 新生訓練
program〔'progrɛm〕*n.* 計劃

102. (**D**) 布魯菲爾德資本產權公司提供財務諮詢並且管理客戶具有五十
萬以上價值的投資組合。

依文法，***and*** 為對等連接詞，連接 provides 和 manages 兩
個動詞，故選 (D)。

* capital〔'kæpətḷ〕*n.* 資本　　equity〔'ɛkwətɪ〕*n.* 產權
financial〔fə'nænʃəl〕*adj.* 財政的
advice〔əd'vaɪs〕*n.* 建議
manage〔'mænɪdʒ〕*v.* 經營；管理
customer〔'kʌstəmɚ〕*n.* 顧客
investment〔ɪn'vɛstmənt〕*n.* 投資
portfolio〔port'folɪo〕*n.* 投資組合

103. (**A**) 湯姆的德州烤肉是休士頓地區最近加入速食餐廳聯盟名冊中
的餐廳。

依文法，本題考的是形容詞最高級的用法，(B) 選項為副詞；
(C) 前面不需要使用 most；(D) 選項為比較級，故選 (A)。

* addition〔ə'dɪʃən〕*n.* 追加；附加
roster〔'rɑstɚ〕*n.* 名冊

104. (**B**) 一般而言，當顧客下了一筆新的訂單時，大多數的商家都會列
出一張發票。

本題考連接詞，表示「當～」時的連接詞為 *when*，故選 (B)。

* *generally speaking* 一般而言
vendor〔'vɛndɚ〕*n.* 小販　　generate〔'dʒɛnə,ret〕*v.* 產生
invoice〔'ɪnvɔɪs〕*n.* 發票　　customer〔'kʌstəmɚ〕*n.* 顧客
place〔ples〕*v.* 訂（貨）　　order〔'ɔrdɚ〕*n.* 訂貨（單）

105.（**C**）這間圖書館的辦公室設了<u>自動</u>門，當行為感應器被觸發時就會開啟。

依句意，本題應選 (C) automatic〔,ɔtə'mætɪk〕*adj.* 自動的。

* *be equipped with* 設置了；配備了
motion〔'moʃən〕*n.* 動作　　sensor〔'sɛnsɚ〕*n.* 感應器
trigger〔'trɪgɚ〕*v.* 引發；誘發

106.（**A**）這場會議的重點是一個小組討論，聚焦於在反覆無常的亞洲以及歐洲市場中保持<u>競爭力</u>。

依文法，*stay* + *adj.* 表示「保持在～狀態」，故選 (A)。

* conference〔'kɑfərəns〕*n.* 會議
feature〔'fitʃɚ〕*v.* 以…為特色
discussion〔dɪ'skʌʃən〕*n.* 討論　　panel〔'pænl̩〕*n.* 小組
focus on 聚焦於　　volatile〔'vɑlətl̩〕*adj.* 反覆無常的

107.（**D**）僅僅在第四季，瑞普柯爾製鞋公司就從海外的勞動力中刪減了<u>將近</u>一萬名勞力。

依句意，答案選 (D) approximately〔ə'prɑksəmɪtlɪ〕*adv.* 大約。

* quarter〔'kwɔrtɚ〕*n.* 一季　　slash〔slæʃ〕*v.* 刪減
overseas〔'ovɚ'siz〕*adj.* 海外的
workforce〔,wɜk'fors〕*n.* 勞動力

108.（**C**）梅隆紡織工業的員工被<u>嚴格地</u>禁止在公司任何地方抽煙。

(A) heavily〔'hɛvɪlɪ〕*adv.* 重重地
(B) awkwardly〔'ɔkwɚdlɪ〕*adv.* 笨拙地
(C) *strictly*〔'strɪktlɪ〕*adv.* 嚴格地
(D) tensely〔'tɛnslɪ〕*adv.* 緊張地

* textile〔ˈtɛkstḷ〕*adj.* 紡織的　industry〔ˈɪndʌstrɪ〕*n.* 工業
prohibit〔proˈhɪbɪt〕*v.* 禁止
property〔ˈprɑpətɪ〕*n.* 資產；地產

109. (**D**) 許多最近畢業的大學生在找到<u>他們的</u>第一份專業工作以前，會花
上好幾個月寄履歷。

本題主詞為 college students，代名詞為 *their*，故選 (D)。

110. (**B**) 初步的結果看起來顯示了現任在職者會勝選，但是<u>直到</u>每張選
票都被計算完以前，這仍然是人人有機會的競賽。

本題考連接詞，*until* 引導表時間的副詞子句，表示「直到～
為止」，故答案選 (B)。

* initial〔ɪˈnɪʃəl〕*adj.* 起初的　　*appear to V.* 看似～
indicate〔ˈɪndəˌket〕*v.* 指出
incumbent〔ɪnˈkʌmbənt〕*adj.* 現任的
vote〔vot〕*n.* 選票　　*anyone's race* 沒人知道結果的比賽
【原本的片語為 anyone's guess（沒人說得準）】

111. (**B**) 市場行銷團隊為了改善品牌辨識度，而正在進行的<u>嘗試</u>最近才
開始有成果。

(A) conclusion〔kənˈkluʒən〕*n.* 結論
(B) *attempt*〔əˈtɛmpt〕*n.* 嘗試
(C) industry〔ˈɪndəstrɪ〕*n.* 產業
(D) container〔kənˈtenɚ〕*n.* 容器

* brand〔brænd〕*n.* 品牌
recognition〔ˌrɛkəgnɪʃən〕*n.* 認識；辨識
pay off 獲得報酬；有成果

112. (**C**) 在一抵達的時候，艾利斯先生被<u>錯誤地</u>告知他的飯店預定已經
被一個不知名的人取消了。

依文法，修飾動詞的應為副詞，故選 (C) mistakenly
〔mɪˈstekənlɪ〕*adv.* 錯誤地。

* arrival〔əˈraɪvḷ〕*n.* 抵達　　inform〔ɪnˈfɔrm〕*v.* 通知
reservation〔ˌrɛzɚˈveʃən〕*n.* 預約
cancel〔ˈkænsḷ〕*v.* 取消　　party〔ˈpɑrtɪ〕*n.* 關係人；一方

113.(**D**) 所有綠山谷銀行的分行現在在週六都會營業，除了位於肯尼爾街的總辦公室。

> 本題考連接詞，*except* 表示「除了～之外」，按照文意，答案爲 (D)。(C) considering〔kənˈsɪdərɪŋ〕*prep.* 就…而論。
> * branch〔bræntʃ〕*n.* 分行

114.(**A**) 在金融動盪的時候，聰明的投資者將會尋求出售被認爲具有風險的資產，並改購買較安全的商品。

> (A) **risky**〔ˈrɪskɪ〕*adj.* 危險的；冒險的
> (B) concentrated〔ˈkɑnsn̩ˌtretɪd〕*adj.* 專注的
> (C) decreased〔dɪˈkrist〕*adj.* 減少的
> (D) worthy〔ˈwɜðɪ〕*adj.* 有價值的
> * financial〔fəˈnænʃəl〕*adj.* 金融的
> turmoil〔ˈtɜmɔɪl〕*n.* 動盪　　investor〔ɪnˈvɛstə〕*n.* 投資者
> asset〔ˈæsɛt〕*n.* 資產　　perceive〔pəˈsiv〕*v.* 認爲
> commodity〔kəˈmɑdətɪ〕*n.* 商品

115.(**A**) 大多數時髦的餐廳和咖啡廳都位在城市的西南區，該市潘漢德爾聞名。

> (A) **area**〔ˈɛrɪə〕*n.* 地區
> (B) distance〔ˈdɪstəns〕*n.* 距離
> (C) amount〔əˈmaunt〕*n.* 總量
> (D) plan〔plæn〕*n.* 計劃
> * majority〔məˈdʒɔrətɪ〕*n.* 大多數
> trendy〔ˈtrɛndɪ〕*adj.* 時髦的　　**be located in** 位於
> southwest〔ˌsauθˈwɛst〕*n.* 西南部

116.(**B**) 自從加入公司以後，喬‧波拉克一直渴望成爲在戴維斯、格拉布斯以及利斯一流的辯護律師。

> 本題考時態，看到由 **ever since** 引導的時間副詞子句，可知本句涵蓋的時間範圍爲「自從過去某個時間點直到現在」，可知爲現在完成式，故選 (B)。
> * firm〔fɜm〕*n.* 公司　　defense〔dɪˈfɛns〕*n.* 防衛
> attorney〔əˈtɜnɪ〕*n.* 律師

Davis 戴維斯【位於美國加利福尼亞州】
Grubbs 格拉布斯【位於瑞士東北部的城鎮】
Lieth 利斯【位於蘇格蘭愛丁堡北部】

117. (**C**) 這項訓練課程開放給任何需要對新的軟體程式更熟悉的人。

依文法和句意可知本題需要一個不定代名詞做為關係代名詞 who 的先行詞，故選 (C)。

* session〔'sɛʃən〕*n.* 授課　*be familiar with* 熟悉
software〔'sɔft,wɛr〕*n.* 軟體
program〔'progræm〕*n.* 課程

118. (**B**) 雖然許多觀眾很吵鬧且難以約束，董事長仍然耐心地回答董事會提出的每一個問題。

(A) instantaneously〔,ɪnstən'tenɪəslɪ〕*adv.* 即時地
(B) *patiently*〔'peʃəntlɪ〕*adv.* 有耐心地
(C) simultaneously〔,saɪml̩'tenɪəslɪ〕*adv.* 同時地
(D) potentially〔pə'tɛnʃəlɪ〕*adv.* 潛在地

* spectator〔'spɛktetɚ〕*n.* 觀眾
unruly〔ʌn'rulɪ〕*adj.* 難以管束的
director〔də'rɛktɚ〕*n.* 董事長
raise〔rez〕*v.* 提出　*board meeting* 董事會

119. (**D**) 藉由連續二十四小時的三班制工作，汽車製造廠商一天能夠組裝好五十輛全尺寸的車輛。

(A) argue〔'ɑrgju〕*v.* 爭執
(B) carry〔'kærɪ〕*v.* 運送
(C) solve〔sɑlv〕*v.* 解決
(D) *assemble*〔ə'sɛmbl̩〕*v.* 裝配

* shift〔ʃɪft〕*n.* 輪班
automaker〔'ɔtə,mekɚ〕*n.* 汽車製造業者
full-sized *adj.* 全尺寸的　vehicle〔'viɪkl̩〕*n.* 車輛

120. (**B**) 在每一個建案結束後，克雷斯特萊恩建設公司捐贈所有剩下的材料給當地的慈善組織。

本題 *donate A to B* 表示「將 A 捐贈給 B」，故選 (B)。

* construction〔kən'strʌkʃən〕*n.* 建設
donate〔'donet〕*v.* 捐贈　leftover〔'lɛft,ovə〕*adj.* 剩下的
material〔mə'tırıəl〕*n.* 原料
charitable〔'tʃærətəbḷ〕*adj.* 慈善的
organization〔,ɔrgənə'zeʃən〕*n.* 組織

121. **(C)** 自從創立超過四十年以來，無雙製造有限公司已經製造市面上
最佳食物供應設備。

依文法，its 後面接「名詞」，故選 (C) *establishment*。

(A) establish〔ə'stæblıʃ〕*v.* 創立；設立

(C) establishment〔ə'stæblıʃmənt〕*n.* 創立；設立

* peerless〔'pırlıs〕*adj.* 無雙的；無比的
fabrication〔,fæbrı'keʃən〕*n.* 製造
Inc. 有限公司（= *incorporated*）
manufacture〔,mænjə'fæktʃə〕*v.* 製造
service〔'sɜvıs〕*n.* 服務
equipment〔ı'kwıpmənt〕*n.* 設備
available〔ə'veləbḷ〕*adj.* 可買到的

122. **(C)** 許多到國際或國內目的地最便宜的班機可以從線上票據交易中
心購買，像是 SkyBargains.com。

依文法，空格應塡「形容詞」，故選 (C) *cheapest*。

(A) cheapen〔'tʃipən〕*v.* 使降價；輕視

* flight〔flaıt〕*n.* 班機　domestic〔də'mɛstık〕*adj.* 國內的
destination〔,dɛstə'neʃən〕*n.* 目的地
purchase〔'pɜtʃəs〕*v.* 買
clearing house 票據交換所【指由金融機構爲交換票據而設立的
一種組織，以便利匯票的持票人順利進行清算】

123. **(D)** 認知到城市增長的人口，官方人員已經分派好幾百萬的經費來
更新該市的公共建設。

依文法，空格應塡「形容詞」，故選 (D) *growing*。

* acknowledgement〔ək'nɑlıdʒmənt〕*v.* 承認；認知
allocate〔'ælə,ket〕*v.* 分配
update〔ʌp'det〕*v.* 升級；更新
infrastructure〔'ınfrə,strʌktʃə〕*n.* 基本設施；公共建設

124. (**B**) 通勤者被建議規劃更長的移動時間，因爲<u>許多</u>人預期會參加長達一週的節慶。

依文法，空格應填「形容詞」修飾 people，故選 (B) ***many***。

* commuter〔kə'mjutə〕*n.* 通勤者
advise〔əd'vaɪz〕*v.* 建議　　travel〔'trævḷ〕*n.* 旅行；行進
attend〔ə'tɛnd〕*v.* 出席；參加
festival〔'fɛstəvḷ〕*n.* 節慶

125. (**D**) 調查員的報告推斷，如果公司當時遵循它本身的安全方針，意外會<u>可以預防</u>。

依文法，空格應填「形容詞」或「過去分詞」，故選 (D) ***preventable***；(A) 要改成 prevented。

(B) prevention〔prɪ'vɛnʃən〕*n.* 預防

* investigator〔ɪn'vɛstə,getə〕*n.* 調查者
conclude〔kən'klud〕*v.* 推斷　　safety〔'seftɪ〕*n.* 安全
guideline〔'gaɪd,laɪn〕*n.* 方針

126. (**A**) 與其指派複雜的手術給另一位住院醫師，蜜雪兒・庫柏醫生寧可選擇<u>她自己</u>來執行手術程序。

依句意，空格應填「反身代名詞」強調「自己；親自」，故選 (A) ***herself***。

* ***rather than*** 而不是　　delegate〔'dɛlə,get〕*v.* 委託；指派
complicated〔'kɑmplə,ketɪd〕*adj.* 複雜的
surgery〔'sɝdʒərɪ〕*n.* 手術
resident〔'rɛzədənt〕*n.* 住院醫生　　opt〔ɑpt〕*v.* 選擇
perform〔pə'fɔrm〕*v.* 執行
procedure〔prə'sidʒə〕*n.* 程序；手續

127. (**D**) 要創造熱帶環境，景觀<u>設計師</u>建議將棕櫚樹種在地產上。

(A) design〔dɪ'zaɪn〕*v. n.* 設計
(D) designer〔dɪ'zaɪnə〕*n.* 設計師

* tropical〔'trɑpɪkḷ〕*adj.* 熱帶的
atmosphere〔'ætməs,fɪr〕*v.* 氣氛；環境
landscape〔'lænskep〕*n.* 景色；風景

recommend〔,rɛkə'mɛnd〕 *v.* 推薦；建議
palm〔pɑm〕 *n.* 棕櫚　　plant〔plænt〕 *v.* 種植
property〔'prɑpətɪ〕 *n.* 財產；地產

128.(**D**) 根據由一位公司發言人所<u>發出</u>的聲明，葛洛佛・歐尤會上訴由高等法院宣佈的裁決。

依文法，原句爲 a statement <u>which was issued</u>，省略了 which was，故選 (D) *issued*。

* statement〔'stetmənt〕 *n.* 陳述；聲明
spokesman〔'spoksmən〕 *n.* 發言人
appeal〔ə'pil〕 *v.* 上訴　　verdict〔'vɝdɪkt〕 *n.* 裁決
hand down 宣佈；公布　　appellate〔ə'pɛlɪt〕 *adj.* 上訴的
appellate court 高等法院

129.(**D**) <u>即使</u>最新的財務報告正確，該公司可能還是會在年底前被迫宣告破產。

(A) rather than　而不是 (= *instead of*)

(B) according to　根據

(C) provided that　如果 (= *if*)

(D) *even if*　即使

* financial〔fə'nænʃəl〕 *adj.* 財務的
accurate〔'ækjərɪt〕 *adj.* 正確的　　force〔fors〕 *v.* 強迫
declare〔dɪ'klɛr〕 *v.* 宣佈
bankruptcy〔'bæŋkrʌptsɪ〕 *n.* 破產

130.(**C**) 休假時間的要求應該要預先至少兩週<u>提交</u>給人力資源部門。

(A) select〔sə'lɛkt〕 *v.* 選擇

(B) assume〔ə'sum〕 *v.* 假定

(C) *submit*〔səb'mɪt〕 *v.* 提出；提交

(D) need〔nid〕 *v.* 需要

* request〔rɪ'kwɛst〕 *n.* 請求；要求
vacation〔ve'keʃən〕 *n.* 假期；休假
resource〔rɪ'sors〕 *n.* 資源　　*human recources* 人力資源
in advance 預先

PART 6 詳解

根據以下廣告，回答第 131 至 134 題。

誠徵人事部經理

昆西馬克斯有限公司位於德拉威州，威爾明頓市，是一家工程公司，目前徵求一位經理來監管該忙碌的人事部。

要能被列爲<u>考慮</u>對象，求職者必須至少有五年的管理經驗。
    131

> personnel〔ˌpɝsn̩'ɛl〕*n.* 人事課；人事部
> manager〔'mænɪdʒ⋅〕*n.* 經理
> wanted〔'wɑntɪd〕*adj.* 徵求⋯的
> Limited〔'lɪmɪtɪd〕*adj.* (公司) 有限責任的 (= *Ltd.*)
> engineering〔ˌɛndʒə'nɪrɪŋ〕*n.* 工程　　firm〔fɝm〕*n.* 公司
> located〔lo'ketɪd〕*adj.* 位於⋯的
> Wilmington〔'wɪlmɪŋtən〕*n.* 威爾明頓市
> Delaware〔'dɛləˌwɛr〕*n.* 德拉威州【美國東部的一州】
> ***look for*** 尋找　　oversee〔ˌovə'si〕*v.* 監督；監管
> department〔dɪ'pɑrtmənt〕*n.* 部門
> candidate〔'kændəˌdet〕*n.* 候選人；求職者　　***at least*** 至少
> managerical〔ˌmænə'dʒɪrɪəl〕*adj.* 經理的；管理人的

131. (**B**)　(A) license〔'laɪsn̩s〕*v.* 認可
          (B) ***consider***〔kən'sɪdə〕*v.* 認爲；考慮
          (C) credit〔'krɛdɪt〕*v.* 相信
          (D) motivate〔'motəˌvet〕*v.* 刺激；激勵

該職位主要的<u>重點</u>是招募具備國際貿易經驗的新職員。
    132

> main〔men〕*adj.* 主要的　　position〔pə'zɪʃən〕*n.* 工作；職位
> recruit〔rɪ'krut〕*adj.* 招募　　employee〔ˌɛmplɔɪ'i〕*n.* 員工
> international〔ˌɪntə'næʃən̩l〕*adj.* 國際的

132. (**C**) (A) focal〔'fokḷ〕*n.* 焦點的;中心的

(B) focused〔'fokəst〕*adj.* 注意力集中的

(C) *focus*〔'fokəs〕*n.* 焦點;中心

<u>經理也要做關於財務報酬的決策</u>。這些包含<u>批准薪級表和津貼</u>,以
　　　　　　　　133　　　　　　　　　　　134
及紅利和其他獎金。請到 http://www.qml.com/careers 下載申請書。

include〔ɪn'klud〕*v.* 包含　　scale〔skel〕*n.* 等級

pay scale 工資等級表;薪級表　　benefit〔'bɛnəfɪt〕*n.* 津貼

as well as 以及　　bonus〔'bonəs〕*n.* 獎金;紅利

incentive〔ɪn'sɛntɪv〕*n.* 獎金;報酬

download〔'daʊn,lod〕*v.* 下載

application〔,æplə'keʃən〕*n.* 申請書　　career〔kə'rɪr〕*n.* 職業

133. (**D**) (A) 實習醫生將根據服務的年限,按滑動費率制給薪

intern〔'ɪntɜn〕*n.* 實習醫生

compensate〔'kɑnpən,set〕*v.* 付給⋯工資

slide〔slaɪd〕*v.* 滑行

sliding scale 滑動費率法;浮動計算法【根據不同情況
調整稅款、醫療費等的制度】

depend on 取決於

(B) 工程師將要監管所有長期的計畫,並對該部門主管
負責

engineer〔,ɛndʒə'nɪr〕*n.* 工程師

long-term *adj.* 長期的

project〔'prɑdʒɪkt〕*n.* 計畫

answer to 向⋯負責

supervisor〔'supə,vaɪzə〕*n.* 管理人;主管

(C) 醫生將會為你的情況開適當的藥物

prescribe〔prɪ'skraɪb〕*v.* 開(藥方)

appropriate〔ə'propriɪt〕*adj.* 合適的

medication〔,mɛdɪ'keʃən〕*n.* 藥物

(D) 經理也要做關於財務報酬的決策
　　　require〔rɪ'kwaɪr〕*v.* 需要；要求
　　　regarding〔rɪ'gɑrdɪŋ〕*prep.* 關於
　　　financial〔fə'nænʃəl〕*adj.* 財務的
　　　compensation〔ˌkɑnpən'seʃən〕*n.* 報酬；薪資

134. (**A**)　(A) ***approval***〔ə'pruvḷ〕*n.* 批准；同意
　　　　　　(B) conclusion〔kən'kluʒən〕*n.* 結論
　　　　　　(C) role〔rol〕*n.* 角色
　　　　　　(D) dedication〔ˌdɛdə'keʃən〕*n.* 奉獻

根據下面廣告，回答第 135 至 138 題。

服務月桂峽谷超過二十年
辛克萊父子
專業環境美化

辛克萊父子在月桂峽谷持續提供負責且專業的景觀<u>維護</u>服務，已經
　　　　　　　　　　　　　　　　　　　　135
超過二十年。

　　　laurel〔'lɔrəl〕*n.* 月桂樹　　canyon〔'kænjən〕*n.* 峽谷
　　　Laurel Canyon 月桂峽谷【位於加州洛杉磯】
　　　Sinclair〔'sɪŋklɛr〕*n.* 辛克萊
　　　professional〔prə'fɛʃənḷ〕*adj.* 專業的
　　　landscaping〔'lændskepɪŋ〕*n.* 景觀美化；造景
　　　provide〔prə'vaɪd〕*v.* 提供
　　　responsible〔rɪ'spɑnsəbḷ〕*adj.* 負責的
　　　landscape〔'lændskep〕*n.* 風景；景色

135. (**B**)　(A) sales〔selz〕*adj.* 銷售的
　　　　　　(B) ***maintenance***〔'mentənəns〕*n.* 維持；保養
　　　　　　(C) manufacturing〔ˌmænjə'fæktʃərɪŋ〕*adj.* 製造的
　　　　　　(D) rental〔'rɛntḷ〕*adj.* 出租的

基於努力和專注的原則，我們有資格認證的景觀設計師來<u>執行</u>一切
136

——從例行作業、草坪除草、修剪，和排水溝清理，到重大的景觀
裝置，包含植樹、碎石清除，和庭園設計。

> **based on** 基於　　principle〔'prɪnsəpl〕*n.* 原則
> **hard work** 努力　　attention〔ə'tɛnʃən〕*n.* 關心；專注
> certified〔'sɜtə‚faɪd〕*adj.* 檢定合格的；資格認證的
> landscaper〔'lænd‚skepɚ〕*n.* 景觀設計師
> routine〔ru'tin〕*adj.* 例行的　　lawn〔lɔn〕*n.* 草坪
> mow〔mo〕*v.* 割（草）　　prune〔prun〕*v.* 修剪
> gutter〔'gʌtɚ〕*n.* 排水溝
> major〔'medʒɚ〕*adj.* 重要的；重大的
> installation〔‚ɪnstə'leʃən〕*n.* 安裝；設置
> including〔ɪn'kludɪŋ〕*prep.* 包含　　planting〔'plænt〕*v.* 種植
> debris〔də'bri〕*n.* 碎片；瓦礫　　removal〔rɪ'muvl〕*n.* 移除

136. (**A**)　(A) **perform**〔pɚ'fɔrm〕*v.* 做；執行
　　　　　(B) fasten〔'fæsn̩〕*v.* 繫牢；固定
　　　　　(C) construct〔kən'strʌkt〕*v.* 建造
　　　　　(D) transport〔træns'port〕*v.* 運送

我們替所有的地產提供保養維修，商用和住宅景觀<u>都有</u>。
137

<u>要安排估價，請打 (418) 222-0099 聯絡我們。</u>
138

> service〔'sɜvɪs〕*v.* 做⋯的售後服務；保養維修
> property〔'prɑpətɪ〕*n.* 地產
> commercial〔kə'mɜʃəl〕*v.* 商業的
> residential〔‚rɛzə'dɛnʃəl〕*adj.* 住宅的

137. (**C**)　(A) similar〔'sɪmələ〕*adj.* 相似的
　　　　　(C) **alike**〔ə'laɪk〕*adv.* 同樣地

138. (**B**)　(A) 要查看該地產，請回覆這電子郵件

view〔vju〕*v.* 查看；檢視
reply to 回應；回覆
(B) 要安排估價，請打 (418) 222-0099 聯絡我們
schedule〔'skɛdʒul〕*v.* 預定；安排
estimate〔'ɛstəmɪt〕*n.* 估價；估算
(C) 要和客服人員聯絡，請按 1
customer service 客戶服務
representative〔,rɛprɪ'zɛntətɪv〕*n.* 代表人
press〔prɛs〕*v.* 按；壓
(D) 要留言，請稍等提示音
leave a message 留言
tone〔ton〕*n.* (電子設備發出的) 聲音；提示音

專業景觀設計
蕭氏大道
月桂峽谷，加州 90022

電話：418-222-0099
傳眞：418-222-0098
電子郵件：sands@sinclaire.com　　　　　　　　另闢綠色世界

boulevard〔'bulə,vɑrd〕*n.* 大道　　***CA*** 加州 (= *California*)

根據下面的信件，回答第 139 至 142 題。

格羅弗・莫頓不動產
1990 大西洋林園大道
邁阿密海灘，佛羅里達州 52228

四月五日

吉娜・古塔斯小姐
909 棕櫚山谷大道
水岸，佛羅里達州 52598

親愛的古塔斯小姐：

大衛・新普森向我表示，妳之前和他聯絡過，關於可能遷移到戴通納海灘一事。他也提到說，談到找排演空間的事，妳有一些特別的
　　　　　　　139
要求。

estate〔əˋstet〕 n. 地產　　*real estate* 不動產
Atlantic〔ətˋlæntɪk〕 adj. 大西洋的
parkway〔ˋpɑrk͵we〕 n. 汽車專用道路；林園大道
Miami〔maɪˋæmɪ〕 n. 邁阿密【美國佛羅里達州東南部的一個城市】
FL 佛羅里達州 (= *Florida*)
Palm〔pɑm〕 n. 棕櫚　　dale〔del〕 n. 山谷
indicate〔ˋɪndə͵ket〕 v. 指出；表示
get in touch with 和～聯絡　　relocate〔riˋloket〕 v. 遷往
Daytona Beach 戴通納海灘【美國佛羅里達州沃盧西亞縣的一座城市】
requirement〔rɪˋkwaɪrmənt〕 n. 要求；條件
when it comes to 說到；談到　　rehearsal〔rɪˋhɝsḷ〕 n. 排演

139. (**D**)　依文法，空格應該填主詞，本格的代名詞指的是前面的
　　　　　　David Simpson，故選 (D) He。

我有幫助過其他類似狀況的音樂家，所以我知道一個人要尋找一個
　　　　　　　　　　　　　　　　　　　　　　　140
適合的地方練習和演奏，是很有挑戰性的。

musician〔mjuˋzɪʃən〕 n. 音樂家
similar〔ˋsɪmələ〕 adj. 相似的
challenging〔ˋtʃælɪndʒɪŋ〕 adj. 有挑戰性的
suitable〔ˋsutəbḷ〕 adj. 合適的
perform〔pɚˋfɔrm〕 v. 表演；演奏

140. (**D**)　(A) clean〔klin〕 v. 清理
　　　　　　(B) renovate〔ˋrɛnə͵vet〕 v. 整修；翻新
　　　　　　(C) sell〔sɛl〕 v. 賣
　　　　　　(D) *seek*〔sik〕 v. 尋找

很幸運的是，剛有一張新的一覽表，列有一個非常寬敞的倉庫，而
且就如妳可以在附寄的照片裡所見，有寬闊的空間可以建造妳的隔
音場。<u>請讓我知道妳是否覺得這個地方夠大</u>，足以符合妳的需求。
　　　　　　　　　　　141

> fortunately〔ˋfɔrtʃənɪtlɪ〕*adv.* 幸運地
> listing〔ˋlɪstɪŋ〕*n.* 一覽表　　appear〔əˋpɪr〕*v.* 出現；問世
> spacious〔ˋspeʃəs〕*adj.* 寬敞的
> warehouse〔ˋwɛrˏhaʊs〕*n.* 倉庫　　enclose〔ɪnˋkloz〕*v.* 附寄
> ample〔ˋæmpḷ〕*adj.* 寬闊的　　room〔rum〕*n.* 空間
> construct〔kənˋstrʌkt〕*v.* 建造　　stage〔stedʒ〕*n.* 舞台；場所
> ***sound stage*** 隔音場；隔音攝影棚
> ***meet*** *one's* ***need*** 符合某人的需求

141. (**B**)　(A) 請讓我知道妳覺得這件毛衣是否溫暖
　　　　　　　　sweater〔ˋswɛtɚ〕*n.* 毛衣
　　　　　　(B) <u>請讓我知道妳是否覺得這個地方夠大</u>
　　　　　　　　property〔ˋprɑpɚtɪ〕*n.* 地產
　　　　　　(C) 請讓我知道妳是否覺得這個辦公室夠安靜
　　　　　　(D) 請讓我知道妳是否覺得這個車站夠近
　　　　　　　　station〔ˋsteʃən〕*n.* 車站

我們再來討論細節，如果妳願意的話，並安排妳去看訪該地產。我
很期待<u>接到妳的來電</u>。我的電話是 414-933-7734。
　　　142　　　142

衛斯理・格羅弗　敬上

> discuss〔dɪˋskʌs〕*v.* 討論　　detail〔ˋditel〕*n.* 細節
> arrange〔əˋrendʒ〕*v.* 安排；準備
> ***if you choose*** 如果你願意的話
> ***look forward to V-ing*** 期待～

142. (**C**)　本題考慣用語，故選 (C)。
　　　　　hear from *sb.* 收到某人的來信；接到某人的電話

根據下面的指引，回答第 143 至 146 題。

水晶樂園休閒農場：從普林塞薩港坐計程車或公車抵達這裡

從普林塞薩港的主要計程車站，往南沿著巴拉望省沿海一號公路行

進 23 公里。在公路的右邊，你將會在香蕉園入口的警衛室旁，看到

我們的招牌。往休閒農場的通路是在公路的右側，正好<u>在香蕉園入</u>
                                                            143
<u>口的對面</u>。
143

    crystal〔ˈkrɪstḷ〕*adj.* 水晶的

    paradise〔ˈpærəˌdaɪs〕*n.* 天堂；樂園

    resort〔rɪˈzɔrt〕*n.* 休閒勝地

    Puerto Princesa〔ˈpɔrtə prɪnˈsɛsa〕*n.* 普林塞薩港【西班牙文 Puerto
       Princesa，意為「公主港」，是菲律賓巴拉望省中東部的一個港口城市】

    main〔men〕*adj.* 主要的

    depot〔ˈdipo〕*n.* 火車站；公車站

    Palawan〔pəˈlawən〕*n.* 巴拉望省【菲律賓民馬羅巴區下屬的一個省】

    coastal〔ˈkostḷ〕*adj.* 沿海的

    highway〔ˈhaɪˌwe〕*n.* 公路；幹道

    sign〔saɪn〕*n.* 招牌

    guard house 警衛室；衛兵室（= *guardhouse*）

    entrance〔ˈɛntrəns〕*n.* 入口；大門

    plantation〔plænˈteʃən〕*n.* 農場；種植場

    path〔pæθ〕*n.* 小徑；通道   ***lead to*** 通往

    directly〔dəˈrɛktlɪ〕*adv.* 直接地；正好

    meet *one's* ***need*** 符合某人的需求

143. (**B**) (B) ***across from*** 在…的對面
            (C) along with 和；以及

從普林塞薩港的中央車站，搭乘任何一輛公車前往那拉市，然後請

司機讓<u>你</u>在阿伯蘭公車站下車。
      144

    central〔ˈsɛntrəl〕*adj.* 中央的；中心的

Narra〔ˈnɑrə〕*n.* 那拉市【位於菲律賓巴拉望省】
let off 允許（乘客）下車
Aborlan〔ɑˈbɔrlən〕*n.* 阿伯蘭【位於菲律賓巴拉望省】

144.（**A**） 依上下文，本空格應用第二人稱受格，故選 (A) you。

該休閒農場在公車站南邊 2.9 公里遠。

需要更進一步關於的<u>交通資訊</u>，請上我們的網站：
                 145
<u>www.crystalparadise.com</u>。

<u>該首頁的特色是有地圖的連結和當地交通警報</u>。
       146

    information〔ˌɪnfəˈmeʃən〕*n.* 資訊；情報
    Web site 網站（= *website*）

145.（**D**）(A) rate〔ret〕*n.* 價格；費用　　***room rate*** 房價
       (B) lodging〔ˈlɑdʒɪŋ〕*n.* 住宿
       (C) guided tour 有導遊陪同的觀光旅行；跟團旅遊
       (D) ***transportation***〔ˌtrænspəˈteʃən〕*n.* 運輸；交通

146.（**D**）(A) 這間餐廳的特色是每晚的特餐
          feature〔ˈfitʃə〕*v.* 以…為特色
          nightly〔ˈnaɪtlɪ〕*adj.* 每晚的
          special〔ˈspɛʃəl〕*n.* 特色菜；特餐
       (B) 這個島的特色是白色沙灘和豐富的野生動物
          abundant〔əˈbʌndənt〕*adj.* 豐富的
          wildlife〔ˈwaɪldˌlaɪf〕*n.* 野生動物
       (C) 該觀光的特色是賞鯨和深海捕魚
          whale〔wel〕*n.* 鯨　　***deep-sea fishing*** 深海捕魚
       (D) <u>該首頁的特色是有地圖的連結和當地交通警報</u>
          home page （電腦網路）首頁
          link〔lɪŋk〕*n.* 連結　　alert〔əˈlɝt〕*n.* 警戒；警報

PART 7 詳解

根據以下卡片，回答第 147 至 148 題。

預約提醒

放射線部
100 華盛頓東街   **親切地提醒您和**
伊斯頓・布朗寧醫院   **賽特醫生本次的約診**
大樓 J   <u>午前 11 點 15 分 2 月 6 日</u>在
伊斯頓，麻州 44590   我們的放射線診所
電話：206-553-5500   如果您需要重新安排約診，
傳眞：206-553-5501   來電請撥 206-553-5500。
電子郵件 radiology@ebh.gov   注意：請**在您約診前三小時**，
布朗寧醫學診所   不要飲食。

** appointment〔ə'pɔɪntmənt〕*n.* 預約；約診
　　reminder〔rɪ'maɪndɚ〕*n.* 提醒的人或物；通知單
　　department〔dɪ'pɑrtmənt〕*n.* 部門；…部
　　radiology〔ˌredɪ'ɑlədʒɪ〕*n.* 放射線醫學
　　Easton〔'istən〕*n.* 伊斯頓　　***MA*** 美國麻州 (= *Massachusetts*)
　　friendly〔'frɛndlɪ〕*adj.* 親切的；友善的
　　upcoming〔'ʌpˌkʌmɪŋ〕*adj.* 即將來臨的；這次的
　　Dr. 醫生 (= *Doctor*)　　Meyers〔'meɚz〕*n.* 梅耶斯
　　medical〔'mɛdɪkl̩〕*adj.* 醫學的　　clinic〔'klɪnɪk〕*n.* 診所
　　reschedule〔ˌri'skɛdul〕*v.* 重新安排
　　refrain〔rɪ'fren〕*v.* 抑制；禁止 < *from* >
　　note〔not〕*v.* 注意；留意　　***prior to*** 在…之前 (= *before*)

147.(**D**) 這張卡片是要給誰？

　　　　(A) 放射線部。　　　　　　　(B) 伊斯頓的住院醫生。

　　　　(C) 賽特・梅耶斯醫生。　　(D) <u>布朗寧醫學診所的病人。</u>

　　　　* ***be intended for*** 打算給…；專門爲…
　　　　　　resident〔'rɛzədənt〕*n.* 住院醫生

148. (**B**) 閱讀者被告知「不要」做什麼？
　　　　(A) 打電話給診所預約。　　(B) 在約診前飲食。
　　　　(C) 在午前 11 點 15 分到達。　(D) 把車停在華盛頓公園。

根據以下廣告，回答第 149 至 150 題。

海鮮王
每週特餐

除了我們例行的菜單，我們還提供以下每日特餐

星期一
炸大蝦吃到飽　　　　　　　　　　　　12.95 美元

星期二
國王海鮮秋葵濃湯　　　　　　　　　　10.95 美元

星期三
海鮮拼盤——所有都可以吃一點！　　　13.95 美元

星期四
吃到飽的黃金炸河鱸　　　　　　　　　14.95 美元

星期五
海陸特餐——牛排和龍蝦尾　　　　　　17.95 美元

所有特餐都附有湯、莎拉，和三種無限供應的配菜

國王食品集團股份有限公司

** menu〔ˋmɛnju〕*n.* 菜單　　seafood〔ˋsiˌfud〕*n.* 海產食物；海鮮
special〔ˋspɛʃəl〕*n.* 特色菜；特餐　　*in addition to* 除了…（還有）
regular〔ˋrɛgjələ〕*adj.* 例行的；標準的
serve〔sɝv〕*v.* 供應　　*all you can eat* 自助餐的；吃到飽的
deep-fried *adj.* 油炸的　　*get out of* 擺脫；棄絕
jumbo〔ˋdʒʌmbo〕*adj.* 巨大的；特大的　　shrimp〔ʃrɪmp〕*n.* 小蝦
gumbo〔ˋgʌmbo〕*n.* 黃秋葵；甘寶湯（加秋葵莢之肉菜濃湯）

all you can eat 自助餐的；吃到飽的
sampler〔'sæmplə〕*n.* 集錦　　　platter〔'plætə〕*n.* 大盤子
sampler platter 拼盤　　fry〔fraɪ〕*n.* 油炸物
perch〔pɜtʃ〕*n.* 河鱸　　surf〔sɜf〕*n.* 海浪
turf〔tɜf〕*n.* 草皮　　***Surf n' Turf*** 海陸大餐（= *Surf and Turf*）
lobster〔'lɑbstə〕*n.* 龍蝦　　tail〔tel〕*n.* 尾部
unlimited〔ˌʌn'lɪmɪtɪd〕*adj.* 無限的　　side〔saɪd〕*n.* 配菜
LLC 有限責任公司（= *Limited Liability Company*）

149. (**D**) 如果不想吃每日特餐，用餐者可以怎麼做？

  (A) 去其他地方吃。   (B) 要求跟經理談話。

  (C) 製作自己的特餐。   (D) <u>點例行的菜單。</u>

  * diner〔'daɪnə〕*n.* 用餐者

150. (**D**) 什麼東西「不」包含在每日特餐？

  (A) 湯。   (B) 莎拉。

  (C) 配菜。   (D) <u>飲料。</u>

  * include〔ɪn'klud〕*v.* 包含　　***side dish*** 配菜
   beverage〔'bɛvərɪdʒ〕*n.* 飲料

根據以下備忘錄，回答第 151 至 152 題。

快速魔術以及燈光公司

新進員工歡迎午餐會
十月十號
中午到下午兩點半
西校園自助餐廳

活動協調人：吉爾・克拉克
電子郵件：
gil_clark@hr.imlco.com
手機號碼：312-334-0099 轉 34

所有快速魔術以及燈光公司的工作人員皆被邀請出席來歡迎我們的新進公司的員工。如果你有計劃出席，請在十月八號以前聯絡人力資源部門的吉爾・克拉克。

備註：現場提供素食選項，若有其他飲食要求，請儘速與我們聯繫。

** instant〔ˈɪnstənt〕*adj.* 快速的　　reception〔rɪˈsɛpʃən〕*n.* 歡迎會
luncheon〔ˈlʌntʃən〕*n.* 午餐會　　campus〔ˈkæmpəs〕*n.* 校園
cafeteria〔ˌkæfəˈtɪrɪə〕*n.* 自助餐廳
staff〔stæf〕*n.* 職員　　member〔ˈmɛmbɚ〕*n.* 成員
invite〔ɪnˈvaɪt〕*v.* 邀請　　***take part in*** 參加
employee〔ˌɛmplɔɪˈi〕*n.* 雇員　　attend〔əˈtɛnd〕*v.* 出席
resource〔rɪˈsors〕*n.* 資源　　***human resource*** 人力資源
coordinator〔koˈɔrdnˌetɚ〕*n.* 負責人；協調人
vegetarian〔ˌvɛdʒəˈtɛrɪən〕*adj.* 素食的
option〔ˈɑpʃən〕*n.* 選擇　　available〔əˈveləbḷ〕*adj.* 可取得的
dietary〔ˈdaɪəˌtɛrɪ〕*adj.* 飲食的　　concern〔kənˈsɝn〕*n.* 考量
for other dietary concerns 若有其他飲食考量
ASAP 越快越好（＝As soon as possible）

151. (**B**) 這個活動的目的為何？
　　　(A) 為了發表新的產品。
　　　(B) <u>歡迎新的員工。</u>
　　　(C) 為了慶祝啓用一項新的設備。
　　　(D) 為了一份工作招募人員。

152. (**B**) 員工們如果想參加歡迎午餐會，應該做什麼？
　　　(A) 在自助餐廳申請一個職位。
　　　(B) <u>和吉爾‧克拉克聯絡。</u>
　　　(C) 在十月八號時拜訪西校園自助餐廳。
　　　(D) 將他們的名自加在一份等待名單中。
　　　* ***apply for*** 申請

根據以下公告，回答第 153 至 154 題。

顧客權益以及全方位的醫療

這些權益屬於那些接受**加州**的全方位醫療中具有執照的按摩治療師、脊椎指壓師、針灸醫師以及開業醫師服務的顧客所享有。

顧客擁有以下權利：

- 查驗具有執照的專家們的證書。
- 對於即將被提供的服務得到清楚的說明。
- 得到關於可提供的服務價格和條款的全方面資訊。
- 拒絕任何提供的服務。
- 能夠防止他們的紀錄以及個人的資訊未經授權使用；以及
- 提出對於開業醫師的申訴

消費者們被鼓勵去選擇能夠維護客戶合法權益並且以禮貌和尊重對待客戶的專業人員。

若需要更多關於這些權益的資訊，或是一張擁有執照的專業人員可以提供什麼服務的清單，請至經濟發展部的顧客權益部門，33B 室，斯羅克莫頓街 1000 號，薩克拉門托，加州，92333，或是撥打（208）392-1235 分機 12。

** consumer〔kən'sumɚ〕*n.* 消費者
holistic〔ho'lɪstɪk〕*adj.* 整體的；全部的
medicine〔'mɛdəsn̩〕*n.* 醫學　　right〔raɪt〕*n.* 權利
licensed〔'laɪsn̩st〕*adj.* 領有執照的　　massage〔mə'sɑʒ〕*n.* 按摩
therapist〔'θɛrəpɪst〕*n.* 治療師
chiropractor〔'kaɪrə‚præktɚ〕*n.* 脊椎指壓師
acupuncturist〔‚ækjʊ'pʌŋktʃərɪst〕*n.* 針灸醫生
practitioner〔præk'tɪʃənɚ〕*n.* 開業醫師
state of California 加州　　verify〔'vɛrə‚faɪ〕*v.* 查證
credential〔krɪ'dɛnʃəl〕*n.* 證書
professional〔prə'fɛʃənl̩〕*n.* 專家
explanation〔‚ɛksplə'neʃən〕*n.* 解釋
comprehensive〔‚kɑmprɪ'hɛnsɪv〕*adj.* 全面的
rate〔ret〕*n.* 價格　　*terms and conditions* 條款
condition〔kən'dɪʃən〕*n.* 條件
available〔ə'veləbl̩〕*adj.* 可使用的
protect A from B 防止 A 發生 B

unauthorized〔ʌn'ɔθəˌraɪzd〕*adj.* 未經授權的
file〔faɪl〕*v.* 提出　　complaint〔kəm'plent〕*n.* 抱怨；控訴
uphold〔ʌp'hold〕*v.* 維護　　client〔'klaɪənt〕*n.* 客戶
courtesy〔'kɝtəsɪ〕*n.* 禮貌　　advocacy〔'ædvəkəsɪ〕*n.* 支持

153. (**D**) 這則告示為什麼被發佈？

(A) 為了要展示有效質疑記帳錯誤的方法。

(B) 為了宣告一項執照規範的變更。

(C) 為了邀請當地的專業人士來參加一場公開聽證會。

(D) <u>為了告知人們他們合法的權利。</u>

* demontrate〔'dɛmənˌstret〕*v.* 示範
  effective〔ə'fɛktɪv〕*adj.* 有效的
  dispute〔dɪ'spjut〕*v.* 質疑；爭論
  billing〔'bɪlɪŋ〕*n.* 記帳
  regulation〔ˌrɛgjə'leʃən〕*n.* 管制
  hearing〔'hɪrɪŋ〕*n.* 聽證會　　legal〔'ligl〕*adj.* 合法的

154. (**B**) 關於在加州擁有專業執照的服務提供者，何者有被提到？

(A) 他們必須保留一個對於他們提出申訴的檔案。

(B) <u>他們必須在要求下出示他們的證書。</u>

(C) 他們以優良的客戶服務聞名。

(D) 他們保留了拒絕服務顧客的權利。

* register〔'rɛdʒɪstɚ〕*v.* 記錄；登記
  certification〔ˌsɝtəfə'keʃən〕*n.* 證書

根據以下信件，回答第 155 至 157 題。

全球護照

約瑟羅・哈斯汀

1202 海爾格利爾大道，

亨汀頓，西維吉尼亞州 25701

回覆主旨：帳戶 # xxxx-xxxx-xxxx-7917
總金額 $ 3,209.89

九月一日

親愛的哈斯汀先生：

感謝您作爲全球護照重要的一名乘客。我們要向您致歉，因爲我們在您的全球護照信用卡帳戶上犯了錯誤。在八月二十一號時，我們核發了一筆暫時的信用額度到您的帳戶，金額爲您在八月十九號提出質疑的金額。然而，稍晚，我們意外地又核發另一筆相同的額度到您的帳戶。爲了修正這個錯誤，我們已經撤回多餘的總額。這項修正會顯示在八月份的明細上，今天已經被寄出。

我們誠摯地對於可能造成您的不便感到遺憾。若您有任何疑問或是需要更多的資訊，請拜訪我們的網站 www.gpcredit.com，或是於週一至週五早上九點至中午十二點之間撥打 1-888-903-2350 聯絡我們的客服。

祝好，
全球護照官方網站

** global〔'globḷ〕adj. 全球的　　passport〔'pæs,port〕n. 護照
boulevard〔'bulə,vard〕n. 大道
Huntington〔'hʌntɪŋtən〕n. 亨汀頓
valued〔'væljud〕adj. 重要的　　apologize〔ə'palə,dʒaɪz〕v. 道歉
concerning〔kən'sɜnɪŋ〕prep. 關於　　*credit card* 信用卡
account〔ə'kaunt〕n. 帳戶　　issue〔'ɪʃu〕v. 核發
temporary〔'tɛmpə,rɛrɪ〕adj. 暫時的
credit〔'krɛdɪt〕n. 信用額度　　dispute〔dɪ'spjut〕v. 質疑
accidentally〔'æksədəntḷɪ〕adv. 意外地
withdraw〔wɪð'drɔ〕v. 撤回　　surplus〔'sɜplʌs〕adj. 多餘的
adjustment〔ə'dʒʌstmənt〕n. 調整

sincerely〔sɪn'sɪrlɪ〕*adv.* 衷心地

regret〔rɪ'grɛt〕*v.* 對…感到遺憾…

inconvenience〔͵ɪnkən'vinjəns〕*n.* 不便

155.(**C**) 這封信的主旨為何？

　　(A) 對一筆貸款要求額外的文件。

　　(B) 解釋一項關於撤銷的政策。

　　(C) <u>告知某人一項對於帳戶的修正。</u>

　　(D) 提供一個特別具有誘因的企畫。

　　* additional〔ə'dɪʃənḷ〕*adj.* 額外的

　　　documentation〔͵dɑkjəmɛn'teʃən〕*n.* 文件的提供

　　　loan〔lon〕*n.* 貸款　　policy〔'pɑləsɪ〕*n.* 政策

　　　withdrawal〔wɪð'drɔəl〕*n.* 撤銷

　　　inform A of B 將 A 告知 B

　　　correction〔kə'rɛkʃən〕*n.* 修正

　　　incentive〔ɪn'sɛntɪv〕*adj.* 刺激性的；鼓舞的

156.(**A**) 在八月十九號時發生了什麼事？

　　(A) <u>哈斯汀先生質疑一筆對他帳戶的收費。</u>

　　(B) 哈斯汀先生花費超過他的信用額度。

　　(C) 全球護照核發了一張替代的卡片。

　　(D) 全球護照關閉了哈斯汀先生的帳戶。

　　* charge〔tʃɑrdʒ〕*n.* 費用　　***go over*** 超過

　　　replacement〔rɪ'plesmənt〕*n.* 替代

157.(**A**) 信中提到了什麼事情？

　　(A) <u>一項錯誤發生並且被修正了。</u>

　　(B) 有爭議的費用可能會被視為是有效的。

　　(C) 這個帳戶將會因為詐欺而被監管。

　　(D) 哈斯汀先生可以期待更高的利息。

　　* valid〔'vælɪd〕*adj.* 有效的　　monitor〔'mɑnətɚ〕*v.* 監視

　　　fraud〔frɔd〕*n.* 詐欺　　interest〔'ɪntərɪst〕*n.* 利息

根據以下的電子信件，回答第 158 至 160 題。

寄件人：金允錫 <kim@gingersunlimited.com>
收件人：戈登・布利斯里 <breesley@ gingersunlimited.com>
主　旨：安全會議
日　期：星期二，七月三十一號，4:01 P.M.
戈登：如果我沒弄錯，我們計劃好要在週三碰面討論公司最近的安全執行，但是恐怕我得要重新安排了。明天，來自奧馬哈辦公室的雷斯里・歐伯斯特將會拜訪我們，討論關於明年的廣告預算。此外，我週四將會前往大急流市出席一個貿易展，接著，我週五將會出席在得梅因的預算會議。我們可以重新安排到週一嗎？我屆時將會返回奧克拉荷馬市。如果這對你不方便，請讓我知道下週你可以的時間，然後我會試著配合你的行程。我很抱歉在最後一刻才告知你。 允錫

** mistaken〔məˋstekən〕*adj.* 弄錯的　　***be scheduled to V.*** 計劃～
discuss〔dɪˋskʌs〕*v.* 討論　　performance〔pɚˋfɔrməns〕*n.* 執行
reschedule〔riˋskɛdʒul〕*v.* 重新安排
Omaha〔ˋoməˏhɔ〕*n.* 奧馬哈　　advertising〔ˋædvɚˏtaɪzɪŋ〕*n.* 廣告
budget〔ˋbʌdʒɪt〕*n.* 預算案　　trade〔tred〕*n.* 貿易
Grand Rapids 大急流市　　***Des Moines*** 得梅因市
Oklahoma 奧克拉荷馬市　　availability〔əˏveləˋbɪlətɪ〕*n.* 方便
work around 配合

158.(**C**) 這封電子郵件的目的是？

(A) 詢問一則廣告。　　　(B) 提議改變一項預算。

(C) <u>將一個會議延期。</u>　(D) 做旅遊的安排。

　 * inquire〔ɪnˋkwaɪr〕*v.* 詢問
　　advertisement〔ˏædvɚˋtaɪzmənt〕*n.* 廣告
　　propose〔prəˋpoz〕*v.* 提議
　　postpone〔postˋpon〕*v.* 延期
　　arrangement〔əˋrendʒmənt〕*n.* 安排

159. (**C**)　金允錫何時會和雷斯里・歐伯斯特見面？

  (A)　週一。   (B)　週二。

  (C)　<u>週三。</u>   (D)　週四。

  * heated〔ˋhitɪd〕*adj.* 激昂的　　debate〔dɪˋbet〕*n.* 辯論

160. (**D**)　戈登・布利斯里最可能在哪裡工作？

  (A)　在奧馬哈。   (B)　在大急流市。

  (C)　在得梅因。   (D)　<u>在奧克拉荷馬。</u>

根據以下的電子信件，回答第 161 至 164 題。

寄件人：撒母耳・弗林 <s_flynn@esusa_stl.com>
收件人：學術優勢 聖・路易斯 <allstaff@eestl.com>
回　覆：原型測試
日　期：11：22：01，7 月 14 日，中部標準時間
親愛的學術優勢全體員工： 我們的研發部門籌畫了一系列便於使用的文具給左撇子的學生。就你們所知，大多市面上的產品是設計給右撇子的。我們覺得對於更多種類、創新、高品質、且以左為中心的產品，有明顯的需求。 目前我們有三種原型產品在測試階段：剪刀、筆記本和電腦滑鼠。在原型產品經過正式產品測試前，我們想要進行一個公司內部的調查。因此，我們會很感激，如果員工自願參與一個小時的測試活動，時間是 7 月 21 日的那一週。 測試活動將會在幕尼大樓六樓的研發部舉辦。我們需要志願者提供意見，關於使用的舒適和便利性。此外，我們也很有興趣之道是否這些原型和市面上的產品有足夠的差異性。當然，力勸左撇子的志願者來參與。

如果你在 7 月 21 日的那一週有興趣並願意主動參與，請打電話給蒂娜・卡什卡利，產品研究協調人，分機 45。

謝謝
撒母耳・弗林
產品研究部

** Flynn〔flɪn〕*n.* 弗林　　edge〔ɛdʒ〕*n.* 邊員；優勢
scholastic〔skoˈlæstɪk〕*adj.* 學校的；學術的
St.〔sent〕*n.*（放在人名前）聖…
prototype〔ˈprotəˌtaɪp〕*n.* 原型
CST　（北美洲）中部標準時區（= *Central Standard Time*）
staff〔stæf〕*n.* 工作人員　　research〔ˈrisɝtʃ〕*n.* 研究
development〔dɪˈvɛləpmənt〕*n.* 發展；開發
envision〔ɪnˈvɪʒən〕*v.* 想像；籌畫
line〔laɪn〕*n.*（貨品）種類；系列
user-friendly *adj.* 易操作的；便於使用的
supplies〔səˈplaɪz〕*n. pl.* 供應品　　*school supplies* 文具
on the market 待售的　　range〔rendʒ〕*n.* 範圍
creative〔krɪˈetɪv〕*adj.* 有創意的；新穎的
high-quality *adj.* 高品質的　　left-centric *adj.* 以左邊為中心的
product〔ˈprɑdəkt〕*n.* 產品
currently〔ˈkɝəntlɪ〕*adv.* 目前；現在　　phase〔fez〕*n.* 階段
computer mouse 電腦滑鼠　　undergo〔ˌʌndɚˈgo〕*v.* 接受；經歷
formal〔ˈfɔrml〕*adj.* 正式的　　conduct〔kənˈdʌkt〕*v.* 進行
internal〔ɪnˈtɝnl〕*adj.* 內部的　　survey〔ˈsɝve〕*n.* 調查
appreciative〔əˈpriʃɪˌetɪv〕*adj.* 感謝的
volunteer〔ˌvɑlənˈtɪr〕*v.* 自願　　*n.* 志願者
participate〔parˈtɪsəˌpet〕*v.* 參與 < *in* >
session〔ˈsɛʃən〕*n.* 活動；一段時間　　*take place* 發生；舉行
input〔ˈɪnˌpʊt〕*n.* 輸入；意見
sufficiently〔səˈfɪʃəntlɪ〕*adv.* 充足地
needless to say 不用說；當然

urge〔ɝdʒ〕*adv.* 催促　　coordinator〔ko'ɔrdn̩ˏetə〕*n.* 協調人
extension〔ɪk'stɛnʃən〕*n.* 電話分機；內線

161. (**B**) 該電子郵件的主要目標是什麼？

(A) 懇求新的研究計畫的想法。

(B) <u>招募員工來評估某些原型產品。</u>

(C) 分享最近產品測試的結果。

(D) 調查員工關於公司的政策。

　　* solicit〔sə'lɪsɪt〕*v.* 懇求　　recruit〔rɪ'krut〕*v.* 招募
　　evaluate〔ɪ'væljuˏet〕*v.* 評估　　policy〔'pɑləsɪ〕*n.* 政策

162. (**C**) 根據這封電子郵件，市場需要什麼？

(A) 改良的產品測試程序。

(B) 一系列價格合理且耐用的辦公室用具。

(C) <u>給左撇子的學生更多種類的產品。</u>

(D) 創意產品包裝。

　　* procedure〔prə'siʒə〕*n.* 程序
　　affordable〔ə'fɔrdəbl̩〕*adj.* 負擔得起的；價格合理的
　　durable〔'djʊrəbl̩〕*adj.* 耐用的
　　office supplies 辦公室用具　　variety〔və'raɪətɪ〕*n.* 種類
　　packaging〔'pækɪdʒɪŋ〕*n.* 包裝

163. (**B**) 撒母耳・弗林希望得到關於什麼的資訊？

(A) 產品測試設備的使用。

(B) <u>某些原型產品的效用。</u>

(C) 某些特定辦公室用具的耐用性。

(D) 新販賣產品的價格。

　　* availability〔əˏvelə'bɪlətɪ〕*n.* 可用；可取得性
　　facility〔fə'sɪlətɪ〕*n.* 設備；設施
　　utility〔ju'tɪlətɪ〕*n.* 效用
　　durability〔ˏdjʊrə'bɪlətɪ〕*n.* 耐用
　　market〔'mɑrkɪt〕*v.* 販售

164.(**B**) 有興趣的人被要求做什麼？

        (A) 看一些資訊。   (B) <u>打電話。</u>

        (C) 填寫問卷。   (D) 寄電子郵件。

        * *fill out* 填寫   questionnaire〔͵kwɛstʃənˈɛr〕*n.* 問卷

根據以下信件，回答第 165 至 167 題。

高露潔國際包裝	果貝聯合

公司總部   +1303382-1111

489 西阿拉帕霍路   傳真：+1303382-1111

波德市，科羅拉多州   網站；www.cpi.com

80300

七月三十日

大衛・史維特

1716 北法蘭克林路

布隆菲市，科羅拉多州   80321

親愛的史維特先生：

我很高興可以提供你一個職位，作為高露潔國際包裝的資深公關專員。

就如我們在面試中談到的，你將會在我們新的分公司工作，位於布隆菲市，科羅拉多州。你將直接對魯尼女士負責，她是我們的區域經理。

你將會收到週薪美金 2,500 元。薪資是每兩週支付一次。你的薪資待遇也包含醫療和牙科全險，十天的病假和二十天的事假。若受雇滿 90 天，你將有資格加入我們的 401(k) 退休福利計畫。

如果你可以接受，請在八月五日星期三之前，簽名並回傳附寄的契約，可用傳真或是郵件。萬一你有任何問題，請不要客氣，隨時聯絡我或是吉兒・羅絲，她是我們人資的主管。

我有信心你可以勝任你的角色，管理我們最重要且最能獲利的
客戶。

歐林托斯　敬啓
營運副總裁

** packaging〔'pækɪdʒɪŋ〕n. 包裝　　allied〔ə'laɪd〕adj. 同盟的
corporate〔'kɔrpərɪt〕adj. 公司的　　**HQ** 總部（＝*Headquarters*）
Arapahoe〔ə'rɑpe,ho〕n. 阿拉帕霍【美國科羅拉多州東部的一個縣】
Boulder〔'boldə〕n. 波德【美國科羅拉多州東部的一個城市】
CO 科羅拉多州（＝*Colorado*）
Broomfield〔'brum,fild〕n. 布隆菲【美國科羅拉多州中部偏北的一個市】
pleased〔plizd〕adj. 高興的
position〔pə'zɪʃən〕n. 職位；工作　　senior〔'sinjə〕adj. 資深的
account〔ə'kaʊnt〕n. 固定客戶
executive〔ɪg'zɛkjʊtɪv〕n. 管理者；主管；經理
with〔wɪð〕prep. 作為…的一員；受雇於
branch〔bræntʃ〕n. 分公司　　report〔rɪ'port〕v. 報告；報到
report to sb. 對某人負責　　regional〔'ridʒənḷ〕adj. 區域的

weekly〔'wiklɪ〕adj. 每週的　　salary〔'sælərɪ〕n. 薪水
payroll〔'pe,rol〕n. 薪資冊；薪資總額
disburse〔dɪs'bɝs〕v. 支付；支出
bi-weekly〔baɪ'wiklɪ〕adv. 兩週一次
compensation〔,kɑmpən'seʃən〕n. 補償；薪資；報酬
package〔'pækɪdʒ〕n. 一整套；全套福利
include〔ɪn'klud〕v. 包含
medical〔'mɛdɪkḷ〕adj. 醫藥的；醫療的
dental〔'dɛntḷ〕adj. 牙科的　　coverage〔'kʌvərɪdʒ〕n. 保險範圍
leave〔liv〕n. 休假　　*medical leave* 病假
personal leave 事假
contingent〔kən'tɪndʒənt〕adj. 視…而定的；取決於…的＜*on/upon*＞
compensation〔,kɑmpən'seʃən〕n. 補償；薪資；報酬
employment〔ɪm'plɔɪmənt〕n. 雇用；就業

eligible（ˈɛlɪdʒəbl̩）*adj.* 有…資格的

enroll（ɪnˈrol）*v.* 登記；加入 < *in* >

401K 401(k) 退休福利計畫【美國於 1981 年創立一種延後課稅的退休金帳户
計畫，美國政府將相關規定明訂在國稅法第 401(k) 條中，故簡稱為 401(k) 計
劃。美國的退休計劃有許多類，像公務員、大學職員是根據其法例供應退休
金，而 401(k) 只應用於私人公司的僱員】

program（ˈprogræm）*n.* 計畫

acceptable（əkˈsɛptəbl̩）*adj.* 可接受的　　sign（saɪn）*v.* 簽名

enclose（ɪnˈkloz）*v.* 隨函附寄　　contract（ˈkɑntrækt）*n.* 契約

by（baɪ）*prep.* 在…之前　　fax（fæskt）*n.* 傳真

contact（ˈkɑntækt）*n.* 聯絡　　director（dəˈrɛktɚ）*n.* 主管

human resources 人力資源【組織中人員以及人員所擁有的知識、技術、
能力、人際網絡、組織文化】

succeed（səkˈsid）*v.* 成功 < *in* >

valued（ˈvæljʊd）*adj.* 受到重視的；重要的

lucrative（ˈlukrətɪv）*adj.* 可獲利的；賺錢的

sincerely（sɪnˈsɪrlɪ）*adv.* 誠心地；敬啟　　***vice president*** 副總裁

operation（ˌɑpəˈreʃən）*n.* 營運；企業；公司

165.（**D**）該名新職員要對誰負責？

    (A) 旅遊部的主管。　　　　(B) 營運副總裁。

    (C) 人資主管。　　　　　　(D) <u>區域經理。</u>

    * supervisor（ˈsupɚˌvaɪzɚ）*n.* 主管

166.（**B**）史維特先生被要求做什麼？

    (A) 到愛達荷瀑布市旅行。　　(B) <u>簽名並回傳文件。</u>

    (C) 聯絡福利部門。　　　　　(D) 和羅絲女士見面。

    * Idaho（ˈaɪdəˌho）*n.* 愛達荷州【美國西北部的一州】
      fall（fɔl）*n.* 瀑布
      Idahol Falls 愛達荷瀑布市【愛達荷州東部最大的城市】
      document（ˈdɑkjəmənt）*n.* 文件
      benefit（ˈbɛnəfɪt）*n.* 利益；福利

167. (**D**)　哪一項「不是」薪資報酬裡有提到的部分？

    (A)　病假。   (B)　醫療和牙科保險。

    (C)　401(k) 退休福利計畫。   (D)　住屋津貼。

    * *personal time off*　事假　　　stipend〔ˈstaɪpənd〕*n.* 津貼

根據以下信件，回答第 168 至 171 題。

諾希維爾市
稅務局

來自稅務局局長小埃弗雷特・吉利根

親愛的麥柯迪先生：

這封信是要通知您，您所申請營業執照已經批准，並附寄在這封信裡。請在顯著的地方展示這份執照，進入您營業處的人可以清楚地看見它。

現在您已經收到了你的營業許可證，請您上我們的網站 (http://www.Nshville.gov/index) 來完成並繳交適宜的電子稅表。一旦核准後(該過程不用十分鐘)，您便准許徵收稅金。請注意，如果您在收到執照 30 天內，沒有送交營業稅表，您將得依令每天支付五百元美金的罰款，而且您的執照可能會吊銷高達十天，或是一直到稅單送交為止。

感謝您在諾希維爾市營業。如果您還需要任何幫助，或是有問題，請不要客氣，請撥 757-664-7886，聯絡我們。

小埃弗雷特・吉利根　敬啓
稅務局局長

稅務局
810 聯合街
諾希維爾市，田納西州 53510

電話：555-555-5555
傳眞：555-555-5555
電子郵件：someone@example.com

** Nashville〔'næʃvɪl〕n. 諾希維爾【美國田納西州的首府】
revenue〔'rɛvə,nju〕n. 歲入　　***Department of Revenue*** 稅務局
desk〔dɛsk〕n.（廣播公司、報社等）部；室；組
commissioner〔kə'mɪʃənɚ〕n. 委員；（政府機關）地方長官
Everett〔'ɛvərɪt〕n. 埃弗雷特　　Gilligan〔'gɪlɪgən〕n. 吉利根
Jr.〔'dʒunjɚ〕adj.（用於名字後面）小的；較年輕的（= *Junior*）
McCurdy〔mə'kɝdɪ〕n. 麥柯迪　　inform〔ɪn'fɔrm〕v. 通知
application〔,æplə'keʃən〕n. 申請
approve〔ə'pruv〕v. 同意；核准
enclose〔ɪn'kloz〕v. 隨函附寄　　display〔dɪ'sple〕v. 展示；陳列
license〔'laɪsn̩s〕n. 許可；執照
prominent〔'pramənənt〕adj. 顯著的
location〔lo'keʃən〕n. 地點；位置
visible〔'vɪzəbl̩〕adj. 看得見的

establishment〔ə'stæblɪʃmənt〕n. 設立；建築物
business establishment 營業處；商號
process〔'prasɛs〕n. 過程　　authorize〔'ɔθə,raɪz〕v. 授權；許可
collect〔kə'lɛkt〕v. 收集；徵收　　tax〔tæks〕n. 稅金
aware〔ə'wɛr〕adj. 知道的；注意到的
file〔faɪl〕v. 提出；送交　　form〔fɔrm〕n. 表格
permit〔'pɝmɪt〕n. 許可證；執照　　order〔'ɔrdɚ〕v. 命令
fine〔faɪn〕n. 罰款　　per〔pɚ〕prep. 每…
suspend〔sə'spɛnd〕v. 暫時停止；吊銷
up to 高達　　***business day*** 營業日
do business 經商；營業　　authorize〔'ɔθə,raɪz〕v. 授權；許可
collect〔kə'lɛkt〕v. 收集；徵收　　tax〔tæks〕n. 稅金
union〔'junjən〕n. 聯合　　St.〔stri〕n. 街（= *Street*）
TN 田納西州（= *Tennessee*〔,tɛnə'si〕）

168.(**C**) 這封信宣布了什麼訊息？

　　　　(A) 有一間辦公室遷移了。

　　　　(B) 一條新的稅法通過了。

　　　　(C) <u>有一張執照核發了。</u>

　　　　(D) 之前有一封信寄錯了。

　　　　　* announce〔ə'naʊs〕v. 通知；宣布　　issue〔'ɪʃʊ〕v. 發給
　　　　　previous〔'privɪəs〕adj. 之前的　　***in error*** 錯誤地

169.(**B**) 吉利根先生要求麥柯迪先生做什麼？

　　　　(A) 核准一個請求。　　　　(B) <u>繳交一份表格。</u>

　　　　(C) 付滯納金。　　　　　(D) 聯絡當地的政府機構。

　　　　　* request〔rɪ'kwɛst〕n. 請求；要求
　　　　　submit〔səb'mɪt〕v. 提出；繳交　　fee〔fi〕n. 費用
　　　　　late fee 滯納金　　contact〔'kɑntækt〕v. 聯絡
　　　　　office〔'ɔfɪs〕n.（政府的）局；部；廳

170.(**A**) 第二段第六行的單字 "suspended" 最接近哪個字的意思？

　　　　(A) <u>中斷。</u>　　　　　　(B) 安排。

　　　　(C) 購買。　　　　　　　(D) 命令。

　　　　　* interrupt〔ˌɪntə'rʌpt〕v. 中斷
　　　　　command〔kə'mænd〕v. 命令

171.(**B**) 以下的句子：「現在您已經收到了你的營業許可證，請您上我
　　　　們的網站 (http://www.Nshville.gov/index) 來完成並繳交適宜的
　　　　電子稅表。」最適合放在標示 [1], [2], [3], [4] 的哪個位子？

　　　　(A) [1]　　　　　　　　(B) <u>[2]</u>

　　　　(C) [3]　　　　　　　　(D) [4]

　　　　　* ***now that*** 現在；既然；由於
　　　　　appropriate〔ə'propriɪt〕adj. 適當的；合宜的
　　　　　electronically〔ɪˌlɛk'trɑnɪklɪ〕adv. 電子地

根據以下留言，回答第 172 至 175 題。

傑克・海勒　　　　　　　　　　　　　　　　　早上 10 點 01 分

傑克・海勒 .
我的轉機被取消了，所以我目前困在羅徹斯特。　　　　　9:54

傑克・海勒
所以現在看起來，一小時後有新的班機會起飛。　　　　　9:57

麥可・戴維斯
好的。一樣的航空公司嗎？　　　　　　　　　　　　　　9:58

傑克・海勒
是的，依然是聰捷航空。我要到下午一點以後才會回到曼哈
頓，不過還是可以及時和客戶見面。　　　　　　　　　　9:59

麥可・戴維斯
我會查看抵達時間。你有任何托運行李嗎？　　　　　　　10:00

傑克・海勒
很不幸的，他們要我到登機門登記隨身行李。你介意就到入
境大廳接我嗎？　　　　　　　　　　　　　　　　　　　10:00

麥可・戴維斯
沒問題。停車是非常痛苦的事，所以我會一直開車繞到你出
來。　　　　　　　　　　　　　　　　　　　　　　　　10:01

** connect〔kəˋnɛkt〕v. 連結　　flight〔flaɪt〕n. 飛行；班機
connecting flight 轉機　　***be stuck*** 受困
Rochester〔ˋratʃəstɚ〕n. 羅徹斯特【位於美國紐約上州西部】
for the time being 目前；暫時
depart〔dɪˋpart〕v. 離開；出發　　airline〔ˋɛr͵laɪn〕n. 航空公司
Manhattan〔mænˋhætn̩〕n. 曼哈頓【美國紐約市 5 個行政區之中最人口
　　稠密的一個】　　***in time*** 及時

client〔'klaɪənt〕*n.* 客戶　　arrival〔ə'raɪvḷ〕*n.* 抵達；到達
baggage〔'bægɪdʒ〕*n.* 行李　　*checked baggage* 托運行李
gate-check〔'get͵tʃɛk〕*v.* 在登機口登記
carry-on〔'kærɪ͵ɑn〕*n.* 隨身手提行李　　*pick sb. up* 接送某人
arrivals area 入境大廳　　butt〔bʌt〕*n.* 屁股
a pain in the butt 如坐針氈；令人感到痛苦
circle〔'sɝkḷ〕*v.* 旋轉；兜圈子

172.(**C**) 傑克・海勒遇到什麼問題？

    (A) 他錯過了轉機。　　(B) 他忘記要訂旅館房間。
    (C) 他的班機被取消。　(D) 航空公司弄丟他的行李。
    * book〔bʊk〕*v.* 預定　　luggage〔'lʌgɪdʒ〕*n.* 行李

173.(**C**) 關於傑克・海勒暗示了什麼？

    (A) 他替聰捷航空工作。　　(B) 他目前在羅徹斯特工作。
    (C) 他在出差。　　　　　　(D) 他去羅徹斯特超過一次。
    * currently〔'kɝəntlɪ〕*adv.* 目前
    based〔best〕*adj.* 在…工作的；在…居住的
    business trip 出差

174.(**B**) 傑克・海勒要求麥可・戴維斯做什麼？

    (A) 在辦公室和他見面。　(B) 在機場接他。
    (C) 讓他在機場下車。　　(D) 取消會議。
    * *drop sb. off* 讓某人下車

175.(**C**) 在 10 點 01 分，麥可・戴維斯說「沒問題」是什麼意思？

    (A) 他已經確認了班機抵達時間。
    (B) 他確定他能夠找到停車位。
    (C) 他同意要在入境大廳和海勒先生見面。
    (D) 他知道傑克・海勒會晚到。
    * confirm〔kən'fɝm〕*v.* 確認　　*parking spot* 停車位
    agree〔ə'gri〕*v.* 同意

根據以下網址及電子信件，回答第 176 至 180 題。

網址：http://www.tasteofdavenport.gov/press			
首頁	媒體	事件	聯絡我們

記者證使用手則

今年夏天的戴文波特的味道食品博覽會（七月三號到十號），只有報導獲得公認的相關新聞媒體專業人士會被列入記者證的考量人選。欲提出申請者，列印並且填妥這裡的媒體申請表格。

接著將表格由電子郵件於五月一號至五月十五號間遞交至：萊門・洛斯可 l_roscoe@tasteofdavenport.gov.org

請確認用有您公司信頭，且有您新聞單位主管簽名的的信紙將官方的委任書附上。

請注意遞交申請表格給我們只是申請。我們保留以任何理由拒絕申請的權力。

請盡可能越完整越好，因爲我們無法處理必填空格不完整的表格。由於預期會有大量申請，只有申請被錄取時，你才會被通知。申請表會在五月被時審查，電子郵件通知將會在大約活動前一個月寄出。

** guideline (ˈgaɪdˌlaɪn) *n.* 準則　　press (prɛs) *n.* 媒體
credential (krɪˈdɛnʃəl) *n.* 證明；資格
Davenport 戴文波特【位於美國愛荷華州的城市】
Expo 博覽會 (= *exposition*)　　media (ˈmidɪə) *n.* 媒體
professional (prəˈfɛʃənḷ) *n.* 專家
be associated with 和…有關
recognized (ˈrɛkəgˌnaɪzd) *adj.* 獲得認可的
provider (prəˈvaɪdə) *n.* 提供者　　***fill out*** 填寫
application (ˌæpləˈkeʃən) *n.* 申請表格

submit〔səbˋmɪt〕v. 提出　　***be sure*** 確認
attach〔əˋtætʃ〕v. 附上　　official〔əˋfɪʃəl〕*adj.* 官方的
assignment〔əˋsaɪmənt〕*n.* 委任；讓渡
letterhead〔ˋlɛtəˏhɛd〕*n.* 印有信頭的信紙
sign〔saɪn〕v. 簽名　　supervisor〔ˏsupəˋvaɪzə〕*n.* 主管
request〔rɪˋkwɛst〕*n.* 請求　　reserve〔rɪˋzɝv〕v. 保留
reject〔rɪˋdʒɛkt〕v. 拒絕　　***as…as possible*** 越…越好
thorough〔ˋθɝo〕*adj.* 周到的
required〔rɪˋkwaɪrd〕*adj.* 必須的　　field〔fild〕*n.* 空格
incomplete〔ˏɪnkəmˋplit〕*adj.* 不完全的　　***due to*** 由於
volume〔ˋvɑljəm〕*n.* 量　　anticipate〔ænˋtɪsəˏpet〕v. 預期
notify〔ˋnotəˏfaɪ〕v. 通知　　***only if*** 只有當
approximately〔əˋprɑksəmɪtlɪ〕*adv.* 大約
festival〔ˋfɛstəvl̩〕*n.* 活動

來自：萊門‧洛斯可 <l_roscoe@tasteofdavenport.gov.org>	
收件人：漢克‧艾利森 <h_ellison@davenportdaily.com>	
回　覆：戴文波特的味道食品博覽會記者證	
日　期：六月五號	

我們很榮幸在此通知您，您已經被批准核可爲今年在海軍碼頭的戴文波特的味道的官方攝影記者。活動的媒體辦公室將會很快聯絡您有關如何獲得您的媒體通行證。如果在這期間您有任何問題，請無須猶豫並撥打 (403) 723-9191 聯絡我們。

您誠摯的
萊門‧洛斯可
戴文波特市，通訊部部長

** approve〔əˋpruv〕v. 同意
photojournalist〔ˏfotoˋdʒɝnl̩ɪst〕*n.* 攝影記者　　***pick up*** 獲得
hesitate〔ˋhɛzəˏtet〕v. 猶豫

176.(**B**) 下列何者必須被包含在表格中？

    (A) 一筆註冊費用。

    (B) <u>相關委任書的文件。</u>

    (C) 個人作品的樣本。

    (D) 一張列有過去雇主的清單。

    * registration〔͵rɛdʒɪˈstreʃən〕*n.* 註冊   fee〔fi〕*n.* 費用
    proof〔pruf〕*n.* 證明   relevant〔ˈrɛləvənt〕*adj.* 相關的

177.(**B**) 根據網站，戴文波特的味道展無法保證什麼事？

    (A) 表演者會允許訪談。

    (B) <u>所有的申請都會收到肯定的回覆。</u>

    (C) 表演行程會被提前公告。

    (D) 照片會被放上網路。

    * guarantee〔͵gærənˈti〕*v.* 保證
    performer〔pəˈfɔrmə〕*n.* 演出者
    interview〔ˈɪntə͵vju〕*n.* 探訪

178.(**D**) 戴文波特味道展對下列何者提出警告？

    (A) 抵達活動遲到。   (B) 提交重複的表格。

    (C) 遺失一張媒體通行證。   (D) <u>送出不完整的資訊。</u>

    * duplicate〔ˈdupləkɪt〕*adj.* 重複的

179.(**A**) 這封電子郵件的目的是？

    (A) <u>爲了確認一個申請要求被答應了。</u>

    (B) 爲了宣布一個在海軍碼頭的音樂活動。

    (C) 延長一份合約中的時間。

    (D) 介紹一名新的節日協辦者。

    * confirm〔kənˈfɝm〕*v.* 確認   grant〔grænt〕*v.* 答應
    announce〔ənˈauns〕*n.* 通知
    extend〔ɪkˈstɛnd〕*v.* 延長   contract〔ˈkɑntrækt〕*n.* 合約
    coordinator〔koˈɔrdnetə〕*n.* 協調者；協辦人

180.（**B**）艾利森先生最有可能在什麼時候寄送一封電子郵件給洛斯可先生？

<blockquote>
(A) 四月。　　　　　　　　(B) <u>五月。</u>

(C) 六月。　　　　　　　　(D) 七月。
</blockquote>

根據以下公告及電子信件，回答第 181 至 185 題。

娛樂俱樂部
放鬆！

日期：八月二十二號
時間：中午至晚上六點

在住宅區盛大開幕！

作為娛樂俱樂部在厄齊渥特以及湖景市的老顧客，你很快就能以會員權益的一部份來使用這項令人讚嘆的設施。這個獨家的免費活動讓你可以比其他任何人都更早體驗這個俱樂部。

活動：逛一圈，品嚐咖啡廳中所有的樣品，並且認識我們訓練有素的教練們。

我們對一般大眾開放的盛大開幕將會在八月二十九號，星期六舉行。回來上體驗課以及享用更多可口的點心。有些顧客會收到免費的娛樂俱樂部商品。

重點

・放鬆咖啡廳提供營養的三明治、蘇打水和果汁飲品

・室內溫水游泳池有個別分開的運動區以及放鬆區

・兒童健身房提供課程給五歲至十二歲的兒童。

・極限運動健身房主打具備先進電子監測以及控制的腳踏車——在整個區域的種類中第一名。

**　grand〔grænd〕*adj.* 盛大的　　　uptown〔ˈʌpˈtaʊn〕*n.* 住宅區
　　facility〔fəˈsɪlətɪ〕*n.* 設備　　　patron〔ˈpetrən〕*n.* 老主顧；顧客
　　recreation〔ˌrɛkrɪˈeʃən〕*n.* 娛樂；消遣
　　have access to 有使用…的權利

membership〔'mɛmbə͵ʃɪp〕n. 會員權益
exclusive〔ɪk'sklusɪv〕adj. 獨家的　　***preview event*** 預覽活動
allow sb. to V 讓某人能做…　　instructor〔ɪn'strʌktə〕n. 教練
trial〔'traɪəl〕n. 試用　　receive〔rɪ'siv〕v. 收到
complimentary〔͵kɑmplə'mɛntərɪ〕adj. 免費的
merchandise〔'mɝtʃən͵daɪz〕n. 商品
nutritious〔nu'trɪʃəs〕adj. 營養的
indoor heated pool 室內溫水游泳池
separate〔'sɛpə͵rɛt〕adj. 分開的
relaxation〔͵rilæks'eʃən〕n. 休息　　ultra〔'ʌltrə〕adj. 極限的
feature〔fitʃə〕v. 以…爲特色　　advanced〔əd'vænst〕adj. 進步的
digital〔'dɪdʒɪtl̩〕adj. 電子的　　monitor〔'mɑnətə〕n. 監控

寄件人：羅賓・詹德 < zander@apex.net >
收件人：布萊德利・塞德雷恩 <m_holds@graves.com>
主　旨：回覆：就業機會
日　期：八月二十三號

親愛的塞德雷恩先生：

我很享受昨天下午與你談天的時光。謝謝你帶我逛你們美麗的俱樂部一圈。員工們都展現強大的熱忱，同時能得知有這麼多家庭有興趣加入娛樂俱樂部真的很棒。我想要繼續我們關於成爲你們市中心俱樂部團隊一部份的討論。我已經隨信附上我的履歷表作爲我們一部份談話的考量。

你可以從我的職業經歷看出，我在提倡正向態度的環境中成長茁壯。最重要的是，我很享受和年輕人一起工作並且總是在找機會來教育以及諮詢兒童。我認爲提供日常活動給我們的年輕人是非常重要的。請撥打 (312) 920-0663 來與我討論我個人的熱忱。

你誠摯的

羅賓・詹德

** enthusiasm〔ɪn'θuzɪˌæzəm〕*n.* 熱忱
continue〔kən'tɪnju〕*v.* 繼續　　discussion〔dɪ'skʌʃən〕*n.* 討論
attach〔ə'tætʃ〕*v.* 附上　　resume〔'rɛzuˌme〕*n.* 履歷表
consideration〔kənˌsɪdə'reʃən〕*n.* 考慮
conversation〔ˌkɑnvɚ'seʃən〕*n.* 對話
professional〔prə'fɛʃənl̩〕*adj.* 職業的　　thrive〔θraɪv〕*v.* 成長
promote〔prə'mot〕*v.* 提倡　　opportunity〔ˌɑpɚ'tunətɪ〕*n.* 機會
counsel〔'kaʊnsl̩〕*v.* 諮詢

181. (**A**) 與會者將會在八月二十二日從事什麼活動？

　　　(A) 逛一圈。　　　　　　(B) 參加一個研討會。
　　　(C) 看一部影片。　　　　(D) 教一堂課。

　　　* attendee〔ətɛn'di〕*n.* 與會者
　　　　seminar〔'sɛməˌnɑr〕*n.* 研討會

182. (**D**) 根據公告，以下何者只有在市中心的俱樂部有提供？

　　　(A) 游泳課。　　　　　　(B) 營養諮商。
　　　(C) 有折扣的會員價。　　(D) 特別的運動腳踏車。

　　　* available〔ə'veləbl̩〕*adj.* 可利用的
　　　　discounted〔'dɪskæʊntɪd〕*adj.* 打折的
　　　　rate〔ret〕*n.* 費率

183. (**C**) 詹德女士何時最可能和塞雷得恩先生碰面？

　　　(A) 在一個安排好的工作面試期間。
　　　(B) 在一場招聘會議中。
　　　(C) 在俱樂部的開幕前活動中。
　　　(D) 在俱樂部的盛大開幕期間。

　　　* scheduled〔'skɛdʒuld〕*adj.* 計劃好的
　　　　interview〔'ɪntɚˌvju〕*n.* 面試
　　　　hiring〔'haɪrɪŋ〕*adj.* 徵人的
　　　　conference〔'kɑnfərəns〕*n.* 會議

184. (**C**) 這項通知最有可能是寄給誰？

        (A) 市中心區域的新住民。

        (B) 想要訓練成為運動教練的人。

        (C) <u>娛樂俱樂部的現任會員。</u>

        (D) 商業房地產投資人。

        * resident〔'rɛzədənt〕 *n.* 居民

          current〔'kɜənt〕 *adj.* 現今的

          commercial〔kə'mɜʃəl〕 *adj.* 商業的

          estate〔ə'stet〕 *n.* 地產

          investor〔ɪn'vɛstɚ〕 *n.* 投資人

185. (**C**) 詹德女士最有可能想要在俱樂部中何處工作？

        (A) 放鬆咖啡廳。   (B) 行銷部門。

        (C) <u>兒童健身房。</u>   (D) 在極速旋轉健身房。

        * marketing〔'mɑrkɪtɪŋ〕 *n.* 市場行銷

          department〔dɪ'pɑrtmənt〕 *n.* 部門

根據以下電子信件、回覆和表格，回答第 186 至 190 題。

亞特拉斯航空公司

索賠要求

顧客：柯爾曼・凱蒂 C   運送到：

三十三點海港   三十三點海港

奧蘭多，佛羅里達 53333-9900   奧蘭多，佛羅里達 53333-9900

退款識別碼：#AA23499

顧客身份代碼：colecan

** claim〔klem〕 *n.* 要求；索賠   resolution〔ˌrɛzə'luʃən〕 *n.* 決議

    customer〔'kʌstəmɚ〕 *n.* 顧客

寄件者：凱蒂・柯爾曼 <cc_coleman@shaker.com>

收件者：亞特拉斯航空公司賠償部門 <claims@atlasairlime.com>

回　信：第 #AA23499 索賠申請

日　期：六月十五號

敬啓者：

五月十九號時，我從紐澤西的紐瓦克出發到奧蘭多，搭乘亞特拉斯航空公司 810 號班機。我的行李上了一台不同的班機並且幾個小時之前才被送回我家。內容物都完好，但是箱子的外部被嚴重地毀損。外部都凹陷了。這個行李箱因爲無法被完全地關上已經無法再使用了。在五月二十一號，我遞交了編號 AA23499 的索賠表，但是現在已經六月十五號了，而我卻還沒收到任何的回覆。

請讓我知道這個問題要如何解決。如同我在原本的賠償要求中已經做的，現在我再附上一張我毀損的箱子的照片、我的機票複本，以及我的行李領取證。

凱蒂・柯爾曼

** ***To whom it may concern*** 　給有關人士；敬啓者
　Newark 　紐瓦克【爲美國紐澤西州的城市】
　New Jersey 　紐澤西州【美國第四小以及人口密度最高的州】
　Orlando 　奧蘭多【位於美國佛羅里達州中部的一座城市】
　Florida 　奧蘭多【佛羅里達州是美國最南端的一個州，亦屬於墨西哥灣沿岸地區，是美國人口第四多的州，爲著名的避寒勝地】
　deliver〔dɪ'lɪvɚ〕v. 交付；遞送　　exterior〔ɪk'stɪrɪɚ〕n. 外部
　badly〔'bædlɪ〕adv. 嚴重地　　damage〔'dæmɪdʒ〕v. 損傷
　dent〔dɛnt〕v. 凹陷　　suitcase〔'sut,kes〕n. 手提箱
　no longer 不再　　usable〔'juzəbl̩〕adj. 可用的
　properly〔'prɑpɚlɪ〕adv. 完全地　　submit〔səb'mɪt〕v. 提出
　up to 多達　　process〔'prɑsɛs〕v. 處理
　response〔rɪ'spɑns〕n. 答覆　　resolve〔rɪ'zɑlv〕v. 處理
　original〔ə'rɪdʒənl̩〕adj. 最初的　　attach〔ə'tætʃ〕v. 附上

property〔'prɑpətɪ〕n. 財產　　photocopy〔'fotə,kɑpɪ〕n. 影印
boarding pass 登機證　　baggage〔'bægɪdʒ〕n. 隨身行李

寄件者：亞特拉斯航空公司賠償部門 <claims@atlasairlime.com>
收件者：凱蒂・柯爾曼 <cc_coleman@shaker.com>
回　信：第 #AA23499 索賠申請
日　期：六月十五號

柯爾曼女士：

感謝您向亞特拉斯航空公司提出您的要求。我們對於延遲處理您的要求感到非常的抱歉。在檢閱完文件後，我已經核准了您的要求並且已經核發了全額的賠償，包含遺失以及毀損您的行李。一張包含全額的支票已經被寄至您原先預訂飛機時留下的地址。爲了方便起見，我直接在裡頭附上一張價值一百元的亞特拉斯航機票代金劵，可以於接下來的六個月之內兌換。

感謝您選擇成爲亞特拉斯航空的旅客。如果您還有任何問題以及疑慮，請直接跟我聯繫。

可比・傑夫寇特
理賠部經理
(413) 236-0002　分機號碼 411

** deeply〔'diplɪ〕adv. 深深地　　regret〔rɪ'grɛt〕v. 後悔
delay〔dɪ'le〕n. 延遲　　request〔rɪ'kwɛst〕n. 請求
review〔rɪ'vju〕v. 檢閱
documentation〔,dɑkjəmɛn'teʃən〕n. 文書的證明
issue〔'ɪʃʊ〕v. 核發　　restitution〔,rɛstə'tuʃən〕n. 賠償
reservation〔,rɛzɚ'veʃən〕n. 預訂　　***in light of*** 由於；因爲
inconvenience〔,ɪnkən'vinjəns〕n. 不便
liberty〔'lɪbətɪ〕n. 權利　　voucher〔'vautʃɚ〕n. 代金劵
redeemable〔rɪ'diməbḷ〕adj. 可購得的；可贖回的
within〔wɪð'ɪn〕prep. 在…之內

186. (**A**) 關於行李，柯爾曼女士報告了什麼？

    (A) <u>它沒有和她的班機一起抵達。</u>

    (B) 它空無一物的抵達她家。

    (C) 它經過機場工作人員的檢驗。

    (D) 它被送到錯誤的地址。

    * personnel〔͵pɝsṇˈɛl〕*n.* 員工

187. (**B**) 柯爾曼女士最有可能在什麼時候第一次聯絡賠償部門？

    (A) 五月十九號。   (B) <u>五月二十一號。</u>

    (C) 六月十五號。   (D) 六月二十五號。

    * department〔dɪˈpartmənt〕*n.* 部門

188. (**C**) 亞特拉斯航空一般情況下會賠償遺失的行李多少錢？

    (A) 一百三十五美元。   (B) 一百八十五美元。

    (C) <u>兩百五十美元。</u>   (D) 三百八十五美元。

    * typically〔ˈtɪpɪklɪ〕*adv.* 一般地

189. (**A**) 為什麼可比‧傑夫寇特回覆柯爾曼女士的電子郵件？

    (A) <u>告知她她的理賠的解決方案。</u>

    (B) 要求更多支持她的理賠申請的文件。

    (C) 確認她的理賠地址。

    (D) 了解一通有關她申請理賠的電話。

    * resolution〔͵rɛzəˈluʃən〕*n.* 解決方案

    confirm〔kənˈfɝm〕*v.* 證實   ***follow up*** 了解；追蹤

190. (**A**) 亞特拉斯航空寄了什麼給柯爾曼女士？

    (A) <u>一張支票以及一張代金券。</u>

    (B) 一張登機證。

    (C) 一筆退款。

    (D) 一張索賠單。

    * refund〔ˈrɪ͵fʌnd〕*n.* 退款

根據以下的網頁、網路格式與電子郵件，回答第 191 至 195 題。

網址：http://www.troutmannsshoes.com/corporate_customers			
首頁	團體	鞋子	聯絡我們

特魯特曼的企業支持計劃

創造一個更安全的工作環境。確認你的員工穿著適合工作環境的鞋子。

特魯特曼在健康照顧、服務業、製造業以及食品服務上提供許多不同種類的工作防滑鞋種。我們可以幫您決定最適合您工作場所的款是以及品牌。我們甚至可以爲您的公司設立訂製購物網站，如此一來您的員工就能完全明白哪一款鞋子是可以穿去工作的。

準備好要開始了嗎？只要按下下方的按鈕並填好諮詢表格。一名代表將會於二十四小時內與您聯絡，並替您在特魯特曼設立一個會員帳戶，提供所有您需要的額外資訊。

設立您的公司帳戶

** corporate〔'kɔrpərɪt〕adj. 公司的　　support〔sə'port〕n. 支持
program〔'progræm〕n. 企畫
workplace〔'wɜk,ples〕n. 工作場所
employee〔,ɛmplɔɪ'i〕n. 受雇者
appropriate〔ə'propriɪt〕adj. 適當的
environment〔ɪn'vaɪrənmənt〕n. 環境　　offer〔'ɔfɚ〕v. 提供
wide〔waɪd〕adj. 廣泛的　　selection〔sə'lɛkʃən〕n. 選擇
slip-resistant adj. 防滑的　　footwear〔'fʊt,wɛr〕n. 鞋類
health-care n. 醫療照護　　hospitality〔,hɑspɪ'tælətɪ〕n. 招待
manufacturing〔,mænjə'fæktʃərɪŋ〕n. 製造業
service〔'sɜvɪs〕n. 服務　　decide〔dɪ'saɪd〕v. 決定
style〔staɪl〕n. 風格　　brand〔brænd〕n. 品牌

suitable〔'sutəbḷ〕 *adj.* 適合的　　custom〔'kʌstəm〕 *n.* 顧客
Web 網站　　site〔saɪt〕 *n.* 網站
exactly〔ɪg'zæktlɪ〕 *adv.* 正確地
acceptable〔ək'sɛptəbḷ〕 *adj.* 可接受的
simply〔'sɪmplɪ〕 *adv.* 簡單地　　click〔klɪk〕 *v.* 按下
button〔'bʌtṇ〕 *n.* 按鈕　　below〔bə'lo〕 *adv.* 在下方
fill out 填寫　　inquiry〔'ɪnkwərɪ〕 *n.* 查詢
representative〔ˌrɛprɪ'zɛntətɪv〕 *n.* 代理人
contact〔'kɑntɛkt〕 *v.* 聯絡　　within〔wɪ'ðɪn〕 *prep.* 在…之內
set up 設立　　account〔ə'kaʊnt〕 *n.* 帳戶
provide〔prə'vaɪd〕 *v.* 提供　　additional〔ə'dɪʃənḷ〕 *adj.* 附加的
information〔ˌɪnfə'meʃən〕 *n.* 資訊
requested〔rɪ'kwɛstɪd〕 *adj.* 要求的

網址：http://www.troutmannsshoes.com/corporate_customers			
首頁	團體	鞋子	聯絡我們

特魯特曼企業支持計劃帳戶註冊

姓名：愛爾文・凱許
公司：凱許餐飲集團
職稱：執行長

您為何與我們聯繫？

你喜歡我們用什麼方式連絡？
☐ 電話 _____
☒ 電子郵件　acash@cashgroup.com
☐ 沒有偏好

我擁有好幾家餐廳並且不久前強制規定所有的員工都要穿防滑的鞋子。我想要幫員工選擇十種不同的款式供他們選擇，如果可能的話，我想要一個訂製網站並在二月一號前設立好。我也對於建立系統感到十分有興趣，如此一來，每一個在我的經營團隊的人都可以挑選一雙鞋，並且直接由我的公司來為這筆支出開發票。

注意：表格的提交並不保證已經簽訂合約。您在表格中提供的資訊將會被我們的員工使用來確認貴公司的特定需求。

** registration〔ˌrɛdʒɪsˈtreʃən〕n. 註冊
　　mandatory〔ˈmændəˌtorɪ〕adj. 義務性的
　　select〔səˈlɛkt〕v. 挑選
　　management〔ˈmænɪdʒmənt〕n. 經營
　　directly〔dəˈrɛktlɪ〕adv. 直接地　　invoice〔ˈɪnvɔɪs〕v. 開發票

寄件人：蒂娜・科瓦爾斯基 <corporate_accounts@troutmann.com>
收件人：阿爾文・凱西 <acash@cashgroup.com>
回　覆：你的帳戶
日　期：1 月 26 日
凱西先生： 我們很感激您對特魯特曼公司支援程式有興趣。此時，您只差一步就能設立你自己的帳戶了。 首先，根據你在我們網站提供的資訊，我們能夠順應您的需求。不巧的是，關於您的客製網站可能會有時間上的問題。我們對客製網站標準的作業流程，通常需要十個工作日。不過，如果我們儘速處理，或許我們可以加速這流程來達到您所要求的截至日期。 請您在方便的時候，儘早來電，如此我們可以討論您帳戶的各項條款。 我們期待與您合作。 蒂娜・科瓦爾斯基 專案經理 (312) 898-7733　分機：11

** Dina Kowalski〔ˈdɪnɑ kəˈvɑlskɪ〕n. 蒂娜・科瓦爾斯基
　　corporate〔ˈkɔrpərɪt〕adj. 公司的
　　account〔əˈkaunt〕n. 帳戶　　appreciate〔əˈpriʃɪˌet〕v. 感激
　　program〔ˈprogræm〕n. 程式　　*at this point* 這時候；現在

set up 設立；建立　***first of all*** 首先　***based on*** 根據

information〔͵ɪnfɚˈmeʃən〕*n.* 資訊；消息

submit〔səbˈmɪt〕*v.* 提出　***Web site*** 網站（= *website*）

more than 非常　***capable of*** 能夠…

accommodate〔əˈkɑmə͵det〕*v.* 容納；順應；配合

unfortunately〔ʌnˈfɔrtʃənɪtlɪ〕*adv.* 不幸地；不巧地

issue〔ˈɪʃʊ〕*n.* 問題　custom〔ˈkʌstəm〕*adj.* 訂製的；客製的

standard〔ˈstændɚd〕*adj.* 標準的

turnaround〔ˈtɝnəraʊnd〕*n.* （完成一個流程所需的）周轉時間

generally〔ˈdʒɛnərəlɪ〕*adv.* 一般來說　***business day*** 營業日

expedite〔ˈɛkspɪ͵daɪt〕*v.* 加速　process〔ˈprɑsɛs〕*n.* 過程

meet〔mit〕*v.* 達到　request〔rɪˈkwɛst〕*v.* 請求；要求

deadline〔ˈdɛd͵laɪn〕*n.* 截止日期

convenience〔kənˈvinjəns〕*n.* 方便

at *one's* ***convenience*** 在某人方便的時候

terms〔tɝmz〕*n. pl.* 條件

conditions〔kənˈdɪʃən〕*n.* （合約中的）條件

terms and conditions 條款　***look forward to*** 期待

account manager 專案經理

ext.〔ɪkˈstɛnʃən〕*n.* 電話分機；內線

191. (**D**) 該網站的目標是誰？

　　　　(A) 會計師。　　　　　　(B) 銷售員。

　　　　(C) 鞋類設計師。　　　　(D) 公司老闆。

　　　　　* direct〔dəˈrɛkt〕*v.* 針對

　　　　　　accountant〔əˈkaʊntənt〕*n.* 會計師

　　　　　　salespeople〔ˈselz͵pipl̩〕*n. pl.* 售貨員

　　　　　　designer〔dɪˈzaɪnɚ〕*n.* 設計師

　　　　　　owner〔ˈonɚ〕*n.* 物主；擁有者

　　　　　　business owner 公司老闆

192. (**A**) 根據表格，在凱西餐飲集團最近有什麼改變？

　　　　(A) 實施一項新的政策。　(B) 聘僱一組管理團對。

　　　　(C) 售出好幾間餐廳。　　(D) 購買員工制服。

> * form〔fɔrm〕*n.* 表格　　occur〔əˋkɝ〕*v.* 發生
> policy〔ˋpɑləsɪ〕*n.* 政策
> implement〔ˋɪmplə͵mɛnt〕*v.* 執行；實施
> purchase〔ˋpɝtʃəs〕*v. n.* 購買

193. (**C**) 凱西餐飲集團的員工可能在二月預期會做什麼事？

　　(A) 參加一個安全講習。
　　(B) 學習新的收單系統。
　　(C) 線上購物。
　　(D) 在不同的地方工作。

> * attend〔əˋtɛnd〕*v.* 出席；參加
> safety〔ˋseftɪ〕*n.* 安全
> workshop〔ˋwɝk͵ʃɑp〕*n.* 研討會；講習班
> order-taking　*adj.* 接受訂單的
> location〔loˋkeʃən〕*n.* 地點

194. (**B**) 凱西先生要求了什麼服務是網站上「沒有」提到？

　　(A) 推薦合適的鞋。　　　(B) 設立帳戶。
　　(C) 建立一個客製網站。
　　(D) 修改鞋子的設計。

> * recommend〔͵rɛkəˋmɛnd〕*v.* 推薦
> appropriate〔əˋpropriɪt〕*adj.* 適當的；合適的
> footwear〔ˋfʊt͵wɛr〕*n.* 鞋類
> modify〔ˋmɑdə͵faɪ〕*v.* 更改；修正

195. (**D**) 蒂娜・科瓦爾斯基在她的電子郵件中提到什麼問題？

　　(A) 凱西先生被禁止開立帳戶。
　　(B) 她沒有十種不同種類的鞋子。
　　(C) 公司沒有提供大量購買折扣。
　　(D) 在二月一日前網站可能還沒準備好。

> * ban〔bæn〕*v.* 禁止 <*from*>　　bulk〔bʌlk〕*adj.* 大量的
> discount〔ˋdɪskaʊnt〕*n.* 打折

根據以下的說明、評論和圖表，回答第 196 至 200 題。

勞什電動工具　　　　　電話：800-211-0099
密爾瓦基，威斯康辛州　傳眞：888-919-2222

電子郵件：<u>contact@roush.com</u>

http://www.roush.com

班克斯-摩爾工業

勞什 XL-4 無線電鑽

勞什 XL-4 無線電鑽一直有充足的電力。現在它以擁有新改良特色自豪，這使它成爲該價格區間中最多功能的電鑽。有升級設計的 XL-4，你將可以更有自信處理住家裝修的工作，從最沈重的到最精細的。來看一看這些最獨有的特色。

平衡式的把手——XL-4 的新款人體工學的把手設計，特色是非滑動式的表面，且製作完美貼合手型，把疲勞降到最低。

三段式變速——除了之前的高低速。對於精準作業，有一個特低的速度。這三段速度可以向前和向後，這能更容易配合鑽孔作業的最佳速度和方向。

風冷式馬達——勞什專利的風冷式系統讓電鑽免於過熱，並減少馬達的耗損，大大延長了電鑽的壽命。

可反覆充電的電池——我們快速充電的 18 伏特電池只需要兩個小時就可以充滿電。有 XL-4，你可以更快恢復做你的工程。

勞什電動工具

我們建立完美

** Roush〔raʊʃ〕*n.* 勞什　　***power tool*** 電動工具

Milwaukee〔mɪl'wɔkɪ〕n. 密爾瓦基【位於美國威斯康辛州東南部】

Wisconsin〔wɪs'kɑnsn̩〕n. 威斯康辛州

cordless〔'kɔrdlɪs〕adj. 不用電線的

drill〔drɪl〕n. 鑽頭 v. 鑽孔 ***power drill*** 電鑽

plenty of 豐富的；充足的 boast〔bost〕v. 以…為榮

improved〔ɪm'pruvd〕adj. 改善的；改良的

feature〔'fitʃɚ〕n. 特色 versatile〔'vɝsətl̩〕adj. 多用途的

range〔rendʒ〕n. 範圍 update〔ʌp'det〕v. 更新；升級

tackle〔'tækl̩〕v. 處理；解決

home-improvement adj. 住家裝修的 task〔tæsk〕n. 工作

delicate〔'dɛləkɪt〕adj. 細緻的；需要細心的 ***take a look*** 看一下

exclusive〔ɪk'sklusɪv〕adj. 獨有的

balanced〔'bælənst〕adj. 平衡的；穩定的

handle〔'hændl̩〕n. 把手

ergonomic〔ˌɝgə'nɑmɪk〕adj. 人體工學的

grip〔grɪp〕n. 把手 slip〔slɪp〕n. 滑

shape〔ʃep〕v. 塑造；製造 fit〔fɪt〕v. 適合；符合

minimize〔'mɪnəˌmaɪz〕v. 減到最低 fatigue〔fə'tig〕n. 疲勞

setting〔'sɛtɪŋ〕n. 設定；設置 ***in addition to*** 除了…（還有）

previous〔'privɪəs〕adj. 以前的

precision〔prɪ'sɪʒən〕n. 精確；精準

forward〔'fɔrwɚd〕adj. 前進的

reverse〔rɪ'vɝs〕adj. 相反的；倒轉的

direction〔də'rɛkʃən〕n. 方向

fan-cooled adj. 風扇冷卻的；風冷式的 motor〔'motɚ〕n. 馬達

patent〔'pætn̩t〕v. 給予專利 overheat〔ˌovɚ'hit〕v. 過熱

decrease〔dɪ'kris〕v. 減少 wear〔wɛr〕n. 耗損；磨損

extend〔ɪk'stɛnd〕v. 延長

rechargeable〔ri'tʃɑrdʒəbl̩〕adj. 可充電的

battery〔'bætərɪ〕n. 電池 charge〔tʃɑrdʒ〕v. 充電

rapid-charge adj. 快速充電的 volt〔volt〕n. 伏特【電壓單位】

project〔'prɑdʒɪkt〕n. 計畫；工程

perfection〔pɚ'fɛkʃən〕n. 完美

網址：http://www.roush.com/products/reviews			
首頁	產品	支援	聯絡我們

勞什電動工具　　　　　使用者評論　　班克斯-摩爾工業
密爾瓦基，威斯康辛州　　線上使用者：愛德華多‧加西亞
　　　　　　　　　　　　——聖迪馬斯，加州
　　　　　　　　　　　　顧客評價：★★★★☆
　　　　　　　　　　　　（五顆星給四顆星）

勞什 XL-4 無線電鑽

我的勞什 XL-2 電鑽在使用兩年後，最後停止運作了。兩週前當我知道這升級版的產品，我立即買了。價格很公道，而且我可以誠實地說，我沒有用過更好的電鑽了。在完成好幾個公司的工程時，我很高興發覺到，這電鑽對所有種類的木頭鑽孔都可以運作良好。新電鑽的把手更加合手舒適，而且它非常地輕；我的手腕不會像使用之前款式一樣感到疲憊。我也很喜歡它容量較大的收納盒。如果我有抱怨，就是這款新設計的風扇馬達有時候很吵，而且比起之前的電鑽震動更頻繁。不過整體來說，XL-4 是原本已經是個好產品的改良版。

** product (ˈprɑdʌkt) n. 產品　　support (səˈport) n. 支援
review (rɪˈvju) n. 評論
Eduardo Garcia (ɛduˈɑrdo garˈsɪə) n. 愛德華多‧加西亞
San Dimas (ˌsænˈdaɪməs) n. 聖迪馬斯【美國加利福尼亞州洛杉磯縣下屬的一座城市】
CA 美國加州 (= *California*)　　customer (ˈkʌstəmɚ) n. 顧客
rating (ˈretɪŋ) n. 評價　　function (ˈfʌŋkʃən) v. 產生功能；運作
reasonable (ˈriznəbḷ) adj. 合理的
honestly (ˈɑnɪstlɪ) adv. 老實地；誠實地
note (not) v. 注意；發覺
remarkably (rɪˈmɑrkəblɪ) adv. 非常地　　light (laɪt) adj. 輕的
wrist (rɪst) n. 手腕　　original (əˈrɪdʒənḷ) adj. 原始的；最初的

model〔'mɑdḷ〕n. 模型；款式　　slightly〔'slaɪtlɪ〕adv. 稍微地
roomy〔'rumɪ〕adj. 寬敞的　　storage〔'stɔrɪdʒ〕n. 儲藏
case〔kes〕n. 盒子；容器　　complaint〔kəm'plent〕v. 抱怨
redesign〔ˌridɪ'zaɪn〕v. 重新設計　　vibrate〔'vaɪbret〕v. 震動
overall〔'ovɚˌɔl〕adv. 整體來說
improvement〔ɪm'pruvmənt〕n. 改良；更進步的東西

現代工具

無線電鑽比較表

現代工具統整最新款式的並列比較表

	製造商/ 價格	型號	重量	變速	電池	最大 速度
	勞什 379 美金	XL-4	3.8 磅	三段	18.0 伏特 輕巧離子/ 120 分鐘	每分 2000 圈
	克萊彼 得 279 美金	CCD-330	4.2 磅	兩段	12.2 伏特 鎳離子/ 60 分鐘	每分 1800 圈
	托雷多 299 美金	ODH-117	5.0 磅	兩段	15.5 伏特 輕巧離子/ 90 分鐘	每分 1800 圈

傑克・托什編輯

現代工具

** comparison〔kəmˋpærəsn〕 n. 比較　　chart〔tʃɑrt〕 n. 圖表
round up 集中；聚集　　side-by-side adj. 並列的
manufacturer〔͵mænjəˋfæktʃərɚ〕 n. 製造商
variable〔ˋvɛrɪəbl〕 adj. 可變的
max.〔ˋmæksəməm〕 adj. 最大的（= *maximum*）
Clampett〔ˋklæmpɪt〕 n. 克萊彼得　　Toledo〔toˋlɪdo〕 n. 托雷多
lbs. 磅（= *pounds*）【源自拉丁文 libra〔ˋlaɪbrə〕】
ion〔ˋaɪən〕 n. 離子　　nickel〔ˋnɪkl〕 n. 鎳
rpm 每分鐘轉速（= *revolutions per minute*）
compile〔kəmˋpaɪl〕 v. 收集；編輯

196.(**C**) 哪裡可以找到這說明？

(A) 當地公司的電話簿裡。

(B) 木工課程的訓練手冊裡。

(C) 住家裝修的網站上。

(D) 工程計畫的小冊子裡。

* description〔dɪˋskrɪpʃən〕 n. 描述；說明
directory〔dəˋrɛktərɪ〕 n. 電話簿
manual〔ˋmænjuəl〕 n. 手冊
carpentry〔ˋkɑrpəntrɪ〕 n. 木工
brochure〔broˋʃur〕 n. 小冊子
construction〔kənˋstrʌkʃən〕 n. 建築；施工

197.(**A**) 關於 XL-4 暗示了什麼？

(A) 它有一個獨特的冷卻系統。

(B) 它特別設計給建築業的專家。

(C) 它的特色是有一個傳統風格的把手。

(D) 它的價格沒有改變過。

* unique〔juˋnik〕 adj. 獨特的　　***cooling system*** 冷卻系統
professional〔prəˋfɛʃənl〕 n. 專家
feature〔ˋfitʃɚ〕 v. 以…為特色
traditional〔trəˋdɪʃənl〕 adj. 傳統的

198. (**B**) 關於加西亞先生有什麼說明？

　　　(A) 他以前是勞什公司的合夥人。

　　　(B) <u>他之前有一台勞什公司的產品。</u>

　　　(C) 他退還一個產品要求退款。

　　　(D) 他最近蓋了一間房子。

　　　* associate〔əˋsoʃɪɪt〕 *n.* 同伴；合夥人
　　　　refund〔ˋriˏfʌnd〕 *n.* 退錢

199. (**C**) 在比較表中所列的新特色，加西亞先生特別喜歡哪個？

　　　(A) 防滑把手。　　　　　　(B) 最大速度。

　　　(C) <u>重量。</u>　　　　　　　(D) 價格。

　　　* appreciate〔əˋpriʃɪˏet〕 *v.* 欣賞；重視

200. (**D**) 丹尼爾‧華勒斯為什麼目前不能去當地的分行？

　　　(A) 圖案。　　　　　　　　(B) 目的。

　　　(C) 例子。　　　　　　　　(D) <u>版本。</u>

　　　* pattern〔ˋpætən〕 *n.* 圖案
　　　　purpose〔ˋpɝpəs〕 *n.* 目的
　　　　example〔ɪgˋzæmpḷ〕 *n.* 例子
　　　　version〔ˋvɝʒən〕 *n.* 版本

New TOEIC Speaking Test 詳解

Question 1: Read a Text Aloud

 題目解說　(Track 2-06)

> 　　你不需要把所有辛苦賺來的錢花咖啡上。在家做卡布奇諾非常容易,只要使用羅斯所出產的卡布奇諾巫師機。不像其他濃縮咖啡機,不易維持整潔和保養,卡布奇諾巫師機可以拆解成 5 個部分,皆能直接放進洗碗機中。這台不銹鋼製家電,可以在你走去最近的咖啡店所花費的短短時間內,煮出一杯咖啡給你。

** cappuccino〔ˌkɑpəˈtʃino〕*n.* 熱牛奶咖啡
maintain〔menˈten〕*v.* 保養　　directly〔dəˈrɛktlɪ〕*adv.* 直接地
stainless steel 不鏽鋼　　stainless〔ˈstɛnlɪs〕*adj.* 不生銹的
steel〔stil〕*n.* 鋼　　appliance〔əˈplaɪəns〕*n.* 電器製品
fraction〔ˈfrækʃən〕*n.* 少量　　café〔kəˈfe〕*n.* 咖啡店

Question 2: Read a Text Aloud

 題目解說　(Track 2-06)

> 　　包裝專家中相信,顧客可以被說服來買一樣產品,如果那產品的包裝可以吸引官能知覺。設計師花了數年的時間來測試包裝,做市場研究調查,並且記錄下不同目標客群的反應,就是為了要想出完美的產品包裝。在用包裝決定走向時,顏色扮演重要角色。

** belief〔bəˈlif〕*n.* 信念　　package〔ˈpækɪdʒ〕*v.* 包裝
expert〔ˈɛkspɝt〕*n.* 專家　　convince〔kənˈvɪns〕*v.* 說服
product〔ˈprɑdəkt〕*n.* 產品　　contain〔kənˈten〕*v.* 包含
appeal to 吸引　　market〔ˈmɑrkɪt〕*n.* 銷路;市場
research〔ˈrisɝtʃ〕*n.* 研究　　log〔lɔg〕*v.* 正式紀錄
reaction〔rɪˈækʃən〕*n.* 反應　　various〔ˈvɛrɪəs〕*adj.* 各式各樣的
target〔ˈtɑrgɪt〕*n.* 目標　　***come up with*** 想出

play a role 扮演角色　　determine〔dɪ'tɜmɪn〕v. 決定
direction〔də'rɛkʃən〕n. 方向；方位

Question 3: Describe a Picture

 必背答題範例

 中文翻譯　　(⊙ **Track 2-06**)

三個人與三隻海豚在水中。
有兩個女人和一個男人。
他們似乎是穿潛水衣。

海豚的性別無法確定。
人和海豚圍成圓圈。
人握住海豚的鰭，彷彿他們在牽手。

海豚似乎輕輕坐地在牠們的尾巴上。
牠們的鼻子還指著天空。
這很明顯是某種學來的技巧或是表演。

人們臉上掛著笑容，但無法說出海豚在此刻的
感覺爲何。我猜測這可能是某種水上表演秀的
一部份。他們訓練海豚和人類一起表演。

**————————————

dolphin〔'dɑlfɪn〕n. 海豚　　appear〔ə'pɪr〕v. 似乎；好像
wetsuit〔'wɛt,sut〕n. 潛水衣
gender〔'dʒɛndə〕n. 性別　　determine〔dɪ'tɜmɪn〕v. 確定
form〔fɔrm〕v. 形成　　fin〔fɪn〕n. 鰭　　***as if*** 彷彿
poised〔pɔɪzd〕adj. 輕輕地坐在…的　　snout〔snaʊt〕n. 鼻子
apparently〔ə'pærəntlɪ〕adv. 似乎
learned〔'lɜnɪd〕adj. 學來的　　trick〔trɪk〕n. 技巧
performance〔pə'fɔrməns〕n. 表演
suspect〔sə'spɛkt〕v. 猜想　　train〔tren〕v. 訓練

Questions 4-6: Respond to Questions

必背答題範例 （ Track 2-06 ）

一位營養學家在你的區域進行研究。你同意參與一項關於食物
的電話訪問。你在家做飯嗎？還是大部分的時候都是外食？

Q4：爲何你在家煮飯？

A4：我喜歡在家煮飯有好多原因。
首先，比外食便宜。
第二，一般來說比較營養。

Q5：你大多在哪裡購物？

A5：沒有特定的地點。
我在超市和傳統市場買菜。
有特賣活動的地方，我都會去。

Q6：描述一道你最喜愛準備的一道菜？

A6：我最喜歡做的菜是義大利菜，稱爲奶醬義大利寬板麵。
它是義大利麵拌白奶油醬。
它非常豐富可口。
首先，你必須用牛油和奶油做醬汁。
接著煮熟義大利麵。
都準備好了，就把義大利麵和醬汁結合。

** ———————————

nutritionist〔nuˋtrɪʃənɪst〕*n.* 營養學家
participate〔parˋtɪsə,pet〕*v.* 參加
prefer〔prɪˋfɝ〕*v.* 寧願選擇　　general〔ˋdʒɛnərəlɪ〕*adv.* 普遍
nutritious〔nuˋtrɪʃəs〕*adj.* 有養分的
particular〔pəˋtɪkjələ〕*adj.* 特別是
fettuccini alfredo 奶醬義大利寬板麵
pasta〔ˋpɑstə〕*n.* 義大利麵　　flavorful〔ˋflevəfəl〕*adj.* 美味的

Questions 7-9: Respond to Questions Using Information Provided

 題目解說

【中文翻譯】

洗車	
日期：7 月 10 日，星期六 地點：珍娜高中 B 區停車	
時間：早上八點到下午五點	
協助支持我們戲劇部，讓你的車從頭到尾刷洗一次。 建議每台車 10 元的捐獻。 等候時，提供免費點心飲料。	由珍娜高中戲劇學會主辦。 223 室 凱莉大道 1100 號 珍娜，賓州 44992 指導教授：肯・戈登 電話：414-565-5500 分機：34 電子郵件： kgordon@jennerhs.com 由珍娜聯合學區院長 笛恩・屋莫批准

> 嗨，我是愛蜜莉佛斯特。我打電話來是想詢問一張我在超市看到的海報。你是否可以回答我幾個問題呢？

** *HS* 高中（= *High School*）　　　 ***parking lot*** 停車場
department〔dɪ'pɑrtmənt〕*n.* 系；部；科
from top to bottom 從頭到尾　　 suggest〔səg'dʒɛst〕*v.* 建議
donation〔do'neʃən〕*n.* 捐款　　 vehicle〔'viɪkḷ〕*n.* 車輛
snack〔snæk〕*n.* 點心　　 host〔host〕*v.* 主辦
thespian〔'θɛspɪən〕*adj.* 戲劇的　　 society〔sə'saɪətɪ〕*n.* 學會

boulevard〔ˈbuləˌvɑrd〕*n.* 大道　　***PA*** 賓州（ = *Pennsylvania* ）
faculty〔ˈfækḷtɪ〕*n.* 全體教職員　　advisor〔ədˈvaɪzɚ〕*n.* 顧問
faculty advisor 指導教授　　***ext.*** 分機（ = *extension* ）
approve〔əˈpruv〕*v.* 贊同；批准
superintendent〔ˌsuprɪnˈtɛndənt〕*n.* 管理者；院長
united school district 聯合學區
flyer〔ˈflaɪɚ〕*n.* 傳單　　post〔post〕*v.* 貼

必背答題範例　（ **Track 2-06** ）

Q7: 洗車活動在何地和何處舉辦？

A7: 洗車活動在 7 月 10 日星期六舉辦。
　　從早上八點到下午五點。
　　在詹納高中的停車場 B 舉行。

Q8: 洗車活動是由誰主辦？

A8: 洗車活動將由詹納高中，表演戲劇社舉辦。
　　他們是對於戲劇和藝術有興趣的孩子。
　　所有的收益都會贊助學校的戲劇社。

Q9: 如果我的休旅車要送洗，需要花多少錢？

A9: 洗車沒有固定的價錢。
　　然而，建議的捐贈額是 10 元。
　　如果你想要付多一點，是可以的。

　　大部分的人會付給建議的金額。
　　同時，會有免費的點心和飲料。
　　希望可以在洗車活動看到你。

** ————————————————

hold〔hold〕*v.* 舉行　　proceeds〔ˈprosidz〕*n. pl.* 收益
fixed〔fɪkst〕*adj.* 固定的　　recommend〔ˌrɛkəˈmɛnd〕*v.* 推薦

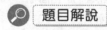

Question 10: Propose a Solution

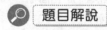 題目解說

【語音留言】

> 嗨,我是倫納德托賓醫生。我有預定今晚 7:45 分三位用餐,我想改成 5 位。因為今天是星期五晚上,你們店裡的女店員告知我,會打電話給我確認這個定位,但是我都沒有接到電話。同時,我也有特別要求,要坐在主用餐廳的 10 號桌;然而,我發現 10 號桌只能坐 4 個人。如果桌子無法擠入第五個人,我就放棄這個要求,請注意只要在主用餐廳的桌子都可以。如果你們可以盡快回電,確認我新的預定,我會非常感謝。撥打 444-2323 可以找到我。謝謝,祝你有美好的一天。

** reservation (ˏrɛzəˋveʃən) *n.* 預定　　hostess (ˋhostɪs) *n.* 女服務生
confirm (kənˋfɝm) *v.* 確認　　seat (sit) *v.* 使…入座
squeeze (skwiz) *v.* 擠壓　　waive (wev) *v.* 放棄;撤銷
request (rɪˋkwɛst) *n.* 要求　　note (not) *v.* 注意
suitable (ˋsutəbḷ) *adj.* 適當的
appreciate (əˋpriʃɪˏet) *v.* 感激　　reach (ritʃ) *v.* 和…聯繫

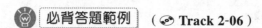 必背答題範例 　(Track 2-06)

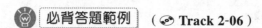 中文翻譯

> 哈囉,托賓醫生。
> 我是印度皇宮餐廳的瑪莉。
> 我收到你的語音留言。
>
> 首先,請接受我的道歉,沒有及時地回覆電話。
> 我們今天有大量的電話。
> 無論如何,是我接受你原本的電話預定。

我有你預定 7:45，三位用餐的紀錄。

也有註記你要主用餐廳的 10 號桌。

我也了解你希望更改預定。

我會盡可能順應你的要求，把用餐人數從 3 位增加到 5 位。

然而，我無法安排你在主餐廳用餐。

事實上，我們主用餐廳的第二輪用餐已經完全已經超額預訂了。

另一方面，在露臺的地方還有桌子可以用餐。

在等候區的地方也有桌子可以用餐。

如果你想要把預訂改到 9:15，我可以安排你在主用餐廳用餐。

請你在你方便時儘早回電給我。

希望我們能達成雙方都滿意的折衷協定。

可以撥打 927-0033 與我聯繫。

** ——————————————

apology〔əˋpɑlədʒɪ〕*n.* 道歉

timely〔ˋtaɪmlɪ〕*adj.* 適時的   ***in a timely manner*** 適時地

volume〔ˋvɑljəm〕*n.* 量   original〔əˋrɪdʒənḷ〕*adj.* 最初的

accommodate〔əˋkɑmə͵det〕*v.* 容納

increase〔ɪnˋkris〕*v.* 增加   party〔ˋpɑrtɪ〕*n.* 一行人

completely〔kəmˋplitlɪ〕*adv.* 完全地

overbook〔͵ovɚˋbʊk〕*v.* 超額預定   patio〔ˋpɑtɪ͵o〕*n.* 中庭

available〔əˋveləbḷ〕*adj.* 可用的

lounge〔laʊndʒ〕*n.* 休息廳

mutually〔ˋmjutʃʊəlɪ〕*adv.* 相互地

beneficial〔͵bɛnəˋfɪʃəl〕*adj.* 有益的

compromise〔ˋkɑmprə͵maɪz〕*n.* 折衷方案

Question 11: Express an Opinion

 題目解說

有些公司會捐款給慈善機構和社會團體。其他的公司則不是這樣，他們讓員工自己決定是否要個人捐贈。公司行號是否應該把部分的盈利，捐贈給慈善機構？說明你的意見，並且提供你看法的原因。

** charity〔'tʃærətɪ〕*n.* 慈善；慈善團體
community〔kə'mjunətɪ〕*n.* 團體
staff〔stæf〕*n.* 職員   profit〔'prɑfɪt〕*n.* 利潤
state〔stet〕*v.* 陳述   provide〔prə'vaɪd〕*v.* 提供

 必背答題範例   (⊙ Track 2-06)

 中文翻譯

大體上，我認爲由公司自行決定。
我不認爲任何的組織應該被強迫或逼迫做公益。
員工也是一樣。

就另一方面來說，公司可能會選擇創立某種不完全以營利爲目的慈善基金會。
事實上，有些公司的整體財政規劃是與慈善緊密相連的。
舉例來說，微軟有好多和淨利率無關的慈善計畫。

可能是因爲慈善捐贈可以扣稅。
很多公司行號急著要捐錢來減輕稅率負擔。
這樣的商業計算並不是眞正的行善，但是確實是對這個世界有些好的貢獻。

然而，如果我為一間公司工作，公司決定要捐贈數百萬給非
營利團體，這個團體是要努力根除剛果的瘧疾，而不是給予
員工 5% 的加薪，我不會待在這間公司太久。

我不是贊成瘧疾在剛果橫行；而是我並不想要個人的財政，
受到任何一種威權的命令。

這近乎於偷竊。

如果公司走向我們（員工），並且說：「你們認為這個想法
如何？」或許我可能願意妥協。

舉例來說，給我們 3% 的加薪，把結餘給慈善機構。

這樣合理一些。

同時，不是所有人都同意某個值得做的目標，從企業觀點看
來，這是相當可怕的事情。

你想要每個人都同意你的觀點。

選擇某個特定慈善機構，你這是冒險疏離那些心理有其他更
想完成目的的人。

這會導致分歧和擾亂企業士氣。

這會導致其他問題像是，表現不佳和員工轉職率高。

我認為如果一間公司，能夠不讓員工涉入企業慈善，才是最
好的。

**

generally speaking 一般而言
company〔ˋkʌmpənɪ〕*n.* 公司
organization〔͵ɔrgənəˋzeʃən〕*n.* 組織
compel〔kəmˋpɛl〕*v.* 強迫
charitable〔ˋtʃærətəbḷ〕*adj.* 慈善的
employee〔͵ɛmplɔɪˋi〕*n.* 受雇者　　***on the other hand*** 另一方面
foundation〔faʊnˋdeʃən〕*n.* 基金會
strictly〔ˋstrɪktlɪ〕*adv.* 全然　　fiscal〔ˋfɪskḷ〕*adj.* 財政上的

program〔'progræm〕 *n.* 計畫　　***profit margin*** 淨利率

deductible〔dɪ'dʌktəbḷ〕 *adj.* 可扣除的

eager〔'igɚ〕 *adj.* 急切的　　burden〔'bɝdṇ〕 *n.* 負擔

eradicate〔ɪ'rædɪˌket〕 *v.* 根除

malaria〔mə'lɛrɪə〕 *n.* 瘧疾　　Congo〔'kɑŋgo〕 *n.* 剛果

instead of 而不　　raise〔rez〕 *n.* 加薪

finance〔fə'næns〕 *n.* 財政

dictate〔'dɪktet〕 *v.* 命令　　authority〔ə'θɔrətɪ〕 *n.* 權威

akin〔ə'kɪn〕 *adj.* 同種的；類似的 *< to >*

theft〔θɛft〕 *n.* 竊盜　　balance〔'bæləns〕 *n.* 餘額

reasonable〔'riznəbḷ〕 *adj.* 合理的

meanwhile〔'minˌhwaɪl〕 *adv.* 同時

worthwhile〔ˌwɝθ'hwaɪl〕 *adj.* 值得做的

cause〔kɔz〕 *n.* 理由；目的　　terrible〔'tɛrəbḷ〕 *adj.* 可怕的

perspective〔pɚ'spɛktɪv〕 *n.* 透徹看法

on the same page 意見一致　　***run the risk of*** 冒險做…

alienate〔'eljənˌet〕 *v.* 使疏遠

division〔də'vɪʒən〕 *n.* 分歧；不和

morale〔mə'ræl〕 *n.* 士氣　　***lead to*** 導致

performance〔pɚ'fɔrməns〕 *n.* 表現

turnover〔tɝn'ovɚ〕 *n.* 轉職率

involve〔ɪn'vɑlv〕 *v.* 將…捲入

corporate〔'kɔrpərɪt〕 *adj.* 公司的

New TOEIC Writing Test 詳解

Questions 1-5: Write a Sentence Based on a Picture

答題範例

A1: Each swimmer has completed one lap of the pool.

每一名泳者都在泳池中完成一趟來回。

A2: The woman on the couch is eating something.

那位坐在沙發上的女士正在吃東西。

A3: The door of the bus is open and the driver is standing outside.

公車的車門是打開的而且駕駛正站在外面。

A4: He works in a kitchen washing dishes.

他正在廚房裡頭洗碗。

A5: The cars are waiting to enter and exit the ferry.

那些車子正在等著開進以及開出郵輪。

**

lap〔læp〕*n.*（游泳池）來回一趟　　***be seated in*** 坐在
exit〔'ɛgzɪt〕*v.* 離去　　ferry〔'fɛrɪ〕*n.* 郵輪

Questions 6-7: Respond to a Written Request

➤ Question 6:

題目翻譯

説　明：閱讀以下電子郵件。

從：喬・布里托力歐 <jprietoriou@opportunity.com>

致：克里斯・湯瑪斯 <chris.thomas.jr@opportunity.com>

主旨：雇主們在找你！

日期：十月三十號 11:11:34 東部標準時間

嗨，克里斯，我不是故意要忽略你上次的訊息。我到最近為止已經很少使用這個網站來徵人。如果你對於進一步討論應徵事宜有興趣，請不用感到有壓力，直接聯絡我。

祝好，
華喬・布里托力
JP 人力招募部門

説明：以克里斯的身份寫信給喬，並且首先感謝他回應你，接著告訴他你對於討論工作機會的看法。提供至少一個細節來支持你的回應。

** EST** 東部標準時間（ = *Eastern Standard Time* ）

intentionally〔ɪnˋtɛnʃənḷɪ〕*adv.* 故意地

ignore〔ɪgˋnor〕*v.* 忽視　　message〔ˋmɛsɪdʒ〕*n.* 訊息

recruit〔rɪˋkrut〕*v.* 招募　　*as of* 到…爲止

employment〔ɪmˋplɔɪmənt〕*n.* 工作

opportunity〔ˏɑpɚˋtunətɪ〕*n.* 機會

further〔ˋfɝðɚ〕*adv.* 更進一步地　　associate〔əˋsoʃɪɪt〕*n.* 同伴

 答題範例

從：克里斯・湯瑪斯 <chris.thomas.jr@opportunity.com>

致：喬・布里托力歐 <jprietoriou@opportunity.com>

主旨：雇主們在找你！

日期：十一月一號 20:02:51 東部標準時間

嗨，喬，謝謝你回覆我。我可以理解。無論如何，我當然對於討論可能的工作機會很有興趣；然而，從我第一次聯絡你到現在的這段時間中，我已經在約翰生工業中找到了一個職位。我在這裡很快樂而且沒有離職的計劃，但是保持開放的選擇對一個人總是好的。如果有任何你覺得我特別適合的開放工作機會，務必讓我知道。

祝好，

克里斯・湯瑪斯

** potential〔pəˋtɛnʃəl〕*adj.* 潛在的；可能的

lapse〔læps〕*v.* 流逝　　position〔pəˋzıʃən〕*n.* 職位

option〔ˋɑpʃən〕*n.* 選擇

particularly〔pəˋtıkjələlı〕*adv.* 特別地

be suited for 適合　　*by all means* 務必

> **Question 7:**

題目翻譯

說　明：閱讀以下電子郵件。

寄件人：希爾達・布爾哈特
<hilda@burkhartrendtals.com>
收件人：羅恩・史旺森<r_swanson@latimes.com>
主旨：曼德林花園第 7-B 單位未付的租金
日期：2 月 12 日

親愛的史旺森先生：

我想要告訴您（作爲一位曼德林花園之家第 7-B 單位租賃合約的共同簽署人），您的太太凱蘿・史旺森女士自從一月十號開始，相當於兩個月，至今都沒付款。她說她這個月隨時都可以付款，但是我們不確定她是否會履行承諾，因爲她過去沒有在承諾繳款日期付款。

也容我們提醒您，在我們的合約之下，兩個月的保證金無法被用來抵銷未付的租金而且會在搬出後一個月退還。

這樣的狀況已經從去年九月持續到現在，基於已經一次累積了四個月的未付租金。由於這樣，我們傾向於不在三月十號再更新合約。

我們認爲我們需要告知您這個狀況，因爲您是您太太凱蘿的共同承租人。善意地幫助她從今日起五天以內幫她解決未償還的租金。

謝謝您

您誠摯的，

希爾達・布爾哈特

出租人

電話 # (710) 913-3495

說明：寫給布爾哈特太太一封信並且同意你的責任，
　　　但解釋你去年整年都派駐海外，並且不知道為
　　　什麼租金沒有付。提出一個解決方案。

** *inform A of B* 將 B 告知 A　　signor〔 saɪˋnɚ 〕*n.* 簽署人
co-signor 共同簽署人　　lease〔 lis 〕*n.* 出租
contract〔ˋkɑntrækt〕*n.* 契約
equivalent〔 ɪˋkwɪvələnt 〕*adj.* 同等的
be equivalent to 等同於　　unpaid〔 ʌnˋped 〕*adj.* 未付的
fail to V. 未能～　　promise〔ˋprɑmɪs 〕*n.* 承諾
remind〔 rɪˋmaɪnd 〕*v.* 提醒　　*security deposit* 保證金
apply〔 əˋplaɪ 〕*v.* 運用；適用　　rental〔ˋrɛntḷ 〕*n.* 租金總額
release〔 rɪˋlis 〕*v.* 釋回　　situation〔ˌsɪtʃuˋeʃən 〕*n.* 狀況
to the point of 到了…的程度　　reach〔 ritʃ 〕*v.* 達到
be inclined to V. 傾向～　　renew〔 rɪˋnu 〕*v.* 更新
co-lessee 共同承租人　　settle〔ˋsɛtḷ 〕*v.* 解決
outstanding〔ˋautˋstændɪŋ 〕*adj.* 未付的
lessor〔ˋlɛsor 〕*n.* 房屋出租人

答題範例

寄件人：羅恩・史旺森<r_swanson@latimes.com>

收件人：希爾達・布爾哈特<hilda@burkhartrendtals.com>

主旨：曼德林花園第 7-B 單位未付的租金

日期：2 月 13 日

親愛的布爾哈特女士：

當然，我完全明白作為共同承租人的責任；然而，如您所知，我去年被外派到沙烏地阿拉伯工作。在這段期間，我寄給我太太比基本需求更多的錢，來支出所有的生活開銷，包含租金。因此，這個消息對我而言完全是個震撼。

如果您能將銀行的資料傳給我，我會立刻電匯您未付的額額。請接受我對於這糟糕的情況的道歉。我很感謝您讓我知道這件事。

誠摯的，
羅恩・史旺森

** ***be aware of*** 知道

responsibility〔rɪˌspɑnsəˈbɪlətɪ〕*n.* 責任

assignment〔əˈsaɪnmənt〕*n.* 分派；指派

Saudi Arabia 沙烏地阿拉伯　　***living expense*** 生活開銷

shock〔ʃɑk〕*n.* 震驚　　promptly〔ˈprɑmptlɪ〕*adv.* 立即地

wire〔waɪr〕*v.* 電匯　　balance〔ˈbæləns〕*n.* 差額

apology〔əˈpɑlədʒɪ〕*n.* 道歉

unfortunate〔ʌnˈfɔrtʃənɪt〕*adj.* 不適當的

appreciate〔əˈpriʃɪˌet〕*v.* 感激

Question 8: Write an Opinion Essay

題目翻譯

有些人相信，言論自由在民主社會是必要的，然而有其他人認為言論自由的權利常常被濫用，而且為了對社會有好處，必須被限制。提出理由和例子來支持你的看法。

** ***freedom of speech*** 言論自由
essential〔ə'sɛnʃəl〕*adj.* 必要的
democratic〔ˌdɛmə'krætɪk〕*adj.* 民主的
frequently〔'frikwəntlɪ〕*adv.* 經常地
abuse〔ə'bjuz〕*v.* 濫用

答題範例

　　真正的民主有幾個特色，公民有全力去選擇他們的政府代表，是個權力受限的政府、多數決、少數權利，以及對政府有效的制衡原則。維持民主要透過成文憲法裡面法治的建立。民主主要有兩個型態。直接民主讓公民可以直接參與公眾政策的制定，所以這對小型社會來說是可行的。代議民主的設立讓公民投票給制定法律的代表，而非直接對個別的法律表決。

** characteristic〔ˌkærɪktə'rɪstɪk〕*n.* 特色
democracy〔də'mɑkrəsɪ〕*n.* 民主
citizen〔'sɪtəzn̩〕*n.* 公民；人民
government〔'gʌvənmənt〕*n.* 政府

representative〔ˌrɛprɪˈzɛntətɪv〕*n.* 代表 *adj.* 代議的

majority〔məˈdʒɔrətɪ〕*adj.* 多數的 ***majority rule*** 多數決

minority〔maɪˈnɔrətɪ〕*adj.* 少數的

minority rights 少數權利 effective〔ɪˈfɛktɪv〕*adj.* 有效的

check and balance 制衡原則【指每一政府部門皆具有對抗其他任何

部門行為的能力，從而不致出現任何單一部門操縱整個政府的權力】

maintain〔menˈten〕*v.* 維持 ***rule of law*** 法治

establish〔əˈstæblɪʃ〕*v.* 建立；創立

constitution〔ˌkɑnstəˈtuʃən〕*n.* 憲法

written constitution 成文憲法 form〔fɔrm〕*n.* 形式

direct democracy 直接民主【每一個公民直接參與所有政策的制訂】

participate〔pɑrˈtɪsəˌpet〕*v.* 參與

public〔ˈpʌblɪk〕*adj.* 公共的 policy〔ˈpɑləsɪ〕*n.* 政策

feasible〔ˈfizəbḷ〕*adj.* 可行的

community〔kəˈmjunətɪ〕*n.* 社群；社會

representative democracy 代議民主【又稱間接民主制，是由公民以

選舉形式選出立法機關的成員（議員），並代表其在議會中行使權力（稱

為代議）】

set up 設立 vote〔vot〕*v.* 投票

言論自由，以及切割國家與社會和商業組織，這些
對民主能夠有效運作來說是必要的。在政府能夠控制媒
體並經營商業的國家裡，權力的濫用會破壞建立並維持
民主的努力。

** expression〔ɪkˈsprɛʃən〕*n.* 表達

freedom of expression 表達自由；言論自由

separation〔ˌsɛpəˈreʃən〕*n.* 分離；分割

state〔stet〕*n.* 國家

organization〔ˌɔrgənəˈzeʃən〕*n.* 組織

function 〔'fʌŋkʃən 〕 *v.* 運作　　***the press*** 媒體

operate 〔'ɑpə‚ret 〕 *v.* 運作；操控

undermine 〔‚ʌndə'maɪn 〕 *v.* 破壞

attempt 〔 ə'tɛmpt 〕 *n.* 嘗試；努力

maintain 〔 men'ten 〕 *v.* 維持

　　此外，表達自由對民主是很重要的，因爲它能讓大衆基於資訊和意見的交流而參與決策的制定。沒有表達自由，人們無法做明智的決定。在 1946 年，聯合國大會聲明，表達自由是基本人權。舉例來說，投票權，源自於表達自由，這讓公民分享意見，並觀看關於政治辯論，以及關於政治家和他們意識型態的宣傳活動。沒有意見的交流，公民就不能在議題上得到充足的資訊。表達自由包含言論自由、宗教自由，和思想自由。

** moreover 〔 mor'ovə 〕 *adv.* 此外

enable 〔 ɪn'ebḷ 〕 *v.* 使能夠；允許　　***the public*** 大衆

based on 根據　　flow 〔 flo 〕 *n.* 流動

informed 〔 ɪn'fɔrmd 〕 *adj.* 消息靈通的；明智的

the United Nations General Assembly 聯合國大會

state 〔 stet 〕 *v.* 陳述；聲明

fundamental 〔‚fʌndə'mɛntḷ 〕 *adj.* 基本的

human right 人權　　***stem from*** 源自於

debate 〔 dɪ'bet 〕 *n.* 辯論

campaign 〔 kæm'pen 〕 *n.* 運動；宣傳活動

ideology 〔‚aɪdɪ'ɑlədʒɪ 〕 *n.* 意識型態

exchange 〔 ɪks'tʃendʒ 〕 *n.* 交換；交流

issue 〔'ɪʃʊ 〕 *n.* 議題　　envelop 〔 ɪn'vɛləp 〕 *v.* 包含

religion 〔 rɪ'lɪdʒən 〕 *n.* 宗教

雖然這些自由可能被濫用，是千眞萬確的，我們已經有制定好的法律，來定義並控訴那些沒有資格稱作言論自由的話語；舉例來說，誹謗、中傷，和污衊。不過，表達自由不只是關於某事的意見。常常，政府嘗試審查採訪敏感話題的記者。人權機構仰賴言論自由。人如果不能自由溝通，以上所說的權力濫用是不可避免的。因此，沒有必要去強化對資訊流通的限制。

in place 準備就緒的　　define〔dɪˋfaɪn〕*v.* 定義

prosecute〔ˋprɑsɪ͵kjut〕*v.* 控訴

qualify〔ˋkwɑlə͵faɪ〕*v.* 有…的資格　　*for instance* 舉例來說

slander〔ˋslændɚ〕*n.*（口頭）誹謗

libel〔ˋlaɪbḷ〕*n.*（文字）誹謗；中傷

defamation〔͵dɛfəˋmeʃən〕*n.* 誹謗；污衊

oftentimes〔ˋɔfn͵taɪmz〕*adv.* 常常　　censor〔ˋsɛnsɚ〕*v.* 審查

journalist〔ˋdʒɝnḷɪst〕*n.* 新聞記者

cover〔ˋkʌvɚ〕*v.* 報導；採訪

sensitive〔ˋsɛnsətɪv〕*adj.* 敏感的　　*depend on* 依靠

abovementioned〔əˋbʌv͵mɛnʃənd〕*adj.* 以上提到的

inevitable〔ɪnˋɛvətəbḷ〕*adj.* 不可避免的

tighten〔ˋtaɪtn̩〕*v.* 管制；強化

restriction〔rɪˋstrɪkʃən〕*n.* 限制